섬 의사의 사계절

섬 의사의 사계절

펴 낸 날   2023년 9월 11일 초판 1쇄

지 은 이   문푸른
펴 낸 이   박지민
책임편집   김정웅
책임미술   롬디
그   림   웨스트윤
마 케 팅   박종천, 박지환

펴 낸 곳   모모북스
　　　　　서울특별시 동대문구 왕산로81, 203-1호(두산베어스 타워)
　　　　　전화 010-5297-8303 팩스 02-6013-8303
　　　　　등록번호 2019년 03월 21일 제2019-000010호
　　　　　e-mail pj1419@naver.com

ⓒ 문푸른, 2023
ISBN 979-11-90408-42-4 03810

낯선 섬에서의 1년,
초보 의사가 전하는
'사람 이야기, 사랑 에세이'

섬 의사의 사계절

문푸른 지음

모모
북스

1장

대학병원 인턴 생활

2장

나는 섬의 하나뿐인
의사입니다

3장

성숙해지는 초보 의사

4장

섬을 떠나면서

대학병원 인턴 생활

1
대학병원 인턴의 삶

- 인턴 첫날 환자에게 먹은 욕

의과대학을 졸업하고 의사가 되었지만 현실은 학생과 다를 바가 없었다. 그동안은 책으로만 배우고 사람 모형으로 실습을 한 게 전부였다. 나는 대학병원의 인턴을 지원하였고 드디어 근무 날이 다가왔다. 흰 가운을 갈아입는 동안 '잘할 수 있을까?' 하는 불안감이 나를 지배하기 시작했다.

처음 돌게 된 분과는 내과였다. 내과는 입원환자가 많다. 따라서 인턴이 해야 할 일도 많았다. 새벽부터 환자를 깨우고 피를 뽑거나 여러 시술들을 해야 했다. 첫날 업무를 시작하기도 전에 10개의 콜이 밀려 있었다.

내 첫 환자는 신장내과 환자였다. 어버버 하는 모습을 들키고 싶지 않아 당당한 척 행동했다. 피를 뽑기 위해 팔을 걷어달라는 말을 하고 주사기를 꺼냈다. 이제는 직접 환자의 팔을 찔러야 했다. 모형 팔은 젊은 사람을 모델로 한 게 분명하다. 할머니의 혈관은 잡히지도 보이지도 않았다. 나이가 들수록 혈관은 없어지고, 입원을 하면서 혈관이란 혈관은 다 찔러 없어지기도 하니 초짜 의사가 단박에 찾을 수 없었다. 겨우 잡은 혈관을 향해 시린지를 찔렀다. 그러나 피가 맺히지 않았다. 재차 움직이는 혈관을 손가락으로 잡고 찔렀다. 피가 맺히지 않았다. 다시 찌르기 위해 환자에게 양해를 구했다.

"환자분 혈관이 잘 보이지 않아 다시 찌르겠습니다. 죄송합니다."
"××, 어디 어린 돌팔이 같은 것을 데려왔어? 교수 오라 그래!"

아직도 환자의 워딩이 생생하다. 내 첫 환자였고 그 첫 환자에게 들은 욕이었으니까. 재차 양해를 구하고 찔렀다. 다행히 두 번째 시린지에 피가 맺혔다. 그러나 처음 다짐했던 내 당당함은 온데간데없이 사라졌다. 환자의 난동에 새벽 5시 반 병실은 난리가 났다. 스테이션의 간호사들은 뒤에 삥 둘러 서 있고 옆 병동에서 회진 준비하던 내과 던트(레지던트) 선생님도 멀찌감치 보고 있었다. 환자가 화내는 건 당연했지만 그 환자는 유독 심했다. 바쁘게 다음 환자를 향해 나가는 나를 보고 던트 선생님이 한마디 했다.

"저 환자한테 저도 욕 많이 먹었어요. 그러니 앞으로 신경 써 주세요."

나는 하루 일과가 끝나고 나서야 그 말이 기억났지만 당시에는 아무런 정신이 없었다. 밀린 콜만 10개였고 이마저도 빨리 하지 않으면 점심도 못 먹을 게 뻔했다. 그날 새벽 5시 반부터 밀린 콜을 다 처리하고 편의점 삼각김밥을 깐 시간은 저녁 6시였다. 그렇게 정신없이 인턴 첫날이 지나갔다.

- 일반적인 인턴의 삶

인턴의 업무는 복잡하지 않다. 병원은 애초에 Non-function
(논펑션)으로 여겨서 생각할 만한 일을 시키지도 않는다. 그리고
장비 하나 구입할 바에 인턴을 갈아 넣는 쪽이 싸게 먹히니 병
원에서 던진 잡일들은 모두 인턴들이 맡는다. 일반인도 며칠만
훈련하면 할 수 있는 그러한 일들을 인턴들이 한다.

인턴의 삶은 똥-오줌-피의 연속이라 해도 과언이 아니다.
밤새 오는 소변줄 전화에 잠도 못 자고 소변줄을 연결하는가
하면 변비로 똥을 못 싸는 할아버지의 항문에 손가락을 집어넣
고 똥을 꺼내다가 가끔 배에 힘줘버리는 할아버지의 똥 미사일
을 맞을 때면 '내가 똥이나 맞으려고 의사가 됐나.' 하는 생각도
들었다. 앞이 안 보이는 인턴 생활 속에서도 그나마 버텼던 것
은 옆에 있는 동기 때문이었다. ×× ×× 하면서도 당직 끝나고
친구들과 마시는 맥주 속에 그나마 피곤함을 잊었고 출근할 수
있었다.

5월 한 달간은 하루에 3시간 이상 잔 적이 없었다. 주당 100시
간이 넘게 일을 했다. 시간이 있으면 자야 했다. 혹시라도 지체

하면 던트의 욕이 날아올 게 뻔했다. 나는 그렇게 한 달을 꼬박 병원에서 보냈다.

바쁘게 지내는 사이 사귀던 여자 친구와도 헤어졌다. 여자 친구가 의사가 아닌 이상 이런 삶을 이해하기 힘들었을 것이다. 의사 여자 친구가 아닌 동기들은 대부분 헤어졌다. 나는 당시 여자 친구를 정말 사랑했지만 붙잡을 수 없었다. 붙잡을 기력조차 없이 쓰러져 잠들었다. 헤어지고도 겉으로는 아무렇지 않은 사람처럼 살았다.

어쩌다 주말 오프가 생겨 집에 갔는데 거울 속 내 얼굴이 3년은 늙어 있었다. 나는 빛이 비치지 않는 수술방에서 밤인지 낮인지도 모르게 일을 했고 이후에는 당직실에서 기절하듯 잠들었다. 잠 잘 시간이 없으니 제대로 된 음식을 먹을 리도 만무했다. 그렇게 늙어버린 내 모습을 보고 하염없이 눈물을 흘렸다. 그리고 그제야 내 옆에 여자 친구가 없다는 사실에 슬퍼지기 시작했다. 슬픔을 정리해야 하는데 이미 정리를 마치고 새 삶을 보내고 있을 여자 친구 생각에 더욱 슬퍼졌다. 슬픔을 달래는 동안은 불완전함이 이따금 튀어나와 술 취해 전화도 하고 찾아 가고도 싶었지만 그럴 수 없었다. 세상이 원망스러웠다. 내가 무엇 때문에 사랑하는 여자 친구와 헤어져야 하고 내 젊음까지 잃어야 했는지….

  하루 온종일 펑펑 울며 술에 취해 잠들었다가 다음 날 새벽 5시 알람에 깨어나 병원으로 달려갔다.

2
절망적인 인턴 생활 속 한줄기 사람

- 인턴 하반기 시절

인턴을 인간처럼 대우해주는 과가 있는가 하면 단순 노동자로 보는 과도 있다. 그러나 인턴은 다음 해의 예비 던트이기 때문에 윗년차라고 함부로 해선 안 된다. 요즘 같으면 줄줄이 아랫년차가 들어오지 않아 결국 4년 내내 1년 차 신세를 면치 못할지도 모른다. 그럼에도 인턴을 부리는 사람들이 있었는데 특히 그런 사람들은 수술과에 집중돼 있었다.

(다 그렇진 않겠지만) 대부분의 대학병원 OS(정형외과) 분위기는

살벌했다. 윗년차들이 아랫년차들을 갈구는 건 일상이었다. 정형외과는 맞고 아파할 겨를도 없을 정도로 바쁘다. 그런 상황에서 자기 의국 식구도 아닌 인턴을 인간 취급해줄 리 만무하다. 자그만 실수라도 하는 날엔 세상 들어보지 못한 쌍욕은 다 들었다.

수술방에서 인턴의 실수라고 할 만한 건 교수님마다 다른 수술방 세팅에 실수가 있었다든지 수술 과정에서 조금 지체되게 한다든지, 던트가 콜 했을 때 제때 달려오지 않는 것 정도인데 나는 이런 실수조차 하지 않았음에도 세상 욕은 OS 도는 달에 모두 들었다. 정형외과의 군대식 문화가 사라지지 않는 이유는 일본에서 들어온 도제식 교육 문화의 영향이 크다. 보수적인 의사 집단 성향과 우리나라 특유의 수직 상명하복 문화가 만나 고착화되었다.

산부인과(OBGY)는 요즘도 전공의 지원을 거의 하지 않는다. 산부인과가 인기 없는 이유는 애도 안 낳지만 수익 대비 리스크가 큰 과이기 때문이다. 그러나 인턴들이 산부인과 (OBGY)에 지원하지 않는 이유는 특유의 OBGY 분위기가 한몫했다. 우리 병원 OBGY 의국 분위기는 말 그대로 지옥 그 자체였다. 예전 군대에서나 보던 내리 갈굼을 여자들만 있는 OBGY 의국에서 하고 있었다. 4년 차가 3년 차를 갈구고 3년 차는 2년 차를 갈구고 2년 차는 1년 차를 갈군다. 그들에겐 '사랑의 구역'이라고 불리는 장소가 있었는데 아랫년차를 데려가서 욕을 마구 퍼부었다. 내리 갈굼은 죄 없는 인턴들에게도 왔는데 예를 들어 저녁 시간 제때 음식을 갖다 놓지 않았다고 짬뽕 그릇을 칠판에 던지는 등의 행동들이 그러했다. OS와 OBGY는 나만의 이유로 가지 말아야 할 과로 결정되었다.

더운 여름이 지나고 가을이 되었다. 인턴 기간도 절반이 지났다. 이제는 주사기를 찌르다가 욕먹는 일 따윈 없었다. 눈 감고 찔러도 피가 철철 나왔다. 인턴을 마치면 동대학병원의 전공의를 지원할 계획이었다. 매달 경험하는 다양한 과에서 하루에도 수십 번씩 가고 싶은 과가 바뀌었다. 애초에 가고 싶지 않은 최악의 과도 있었지만 가고 싶었던 과 중에서도 가고 싶지 않은 곳들이 생겨났다. 점차 이런 일이 반복되니 대학병원 내에는 내가 가고 싶은 분과가 전혀 남지 않았다. 지금부터는 차악을 선택해야 했다. 공부 잘하는 동기들은 이미 피부과 성형외과 등에 지원을 마친 상태였다. 과마다 전공의를 뽑는 기준도 천차만별이었다. 특정 과는 아는 선배 아는 교수님의 눈에만 들어도 합격하곤 했다. 나는 주위에 의사라곤 나밖에 없는 흙수저 의사였다. 이런 고민들을 반복하면서 정말 내가 어디로 가야 할지 고민에 빠졌다.

전공의 지원 시기가 되었다. 우리 병원 전공의 지원 현황을 보면 1:1을 넘는 곳이 거의 없었다. 경쟁을 하지 않는 것이 아니라 이미 내정자가 있다는 말이다. 그것을 병원에서는 어레인지라고 한다. 각 과의 어레인지를 통해 탈락한 인턴들은 지원자가 없는 과를 쓰거나 아니면 타 대학병원에 지원한다. 1명 정원에 1명 지원했다고 '해 볼 만하네?' 하고 불나방처럼 지원하면 100프로 떨어진다.

3월부터 12월까지 제대로 쉰 적 없이 달려왔다 아니 달려져왔다. 나는 자동차의 수많은 베어링 중 하나였다. 액셀을 밟으면 움직일 수밖에 없었고 그렇게 같은 처지의 베어링들이 서로 연결되어 움직여졌다. 베어링이 하나라도 빠진다면 다른 베어링이 그 몫까지 해야 했다. 죽을 거 같아서 내가 포기하면 그 업무는 내 옆 베어링 친구에게 간다. 그래서 모든 인턴들은 그만둘 수 없었다. 나는 인턴이 끝날 3월만을 바라보며 견뎠다. 나는 너무 지쳤고 전공의를 할 의욕조차 생기지 않았다. 그래서 지원하지 않았다.

픽스턴 달이 왔다. (픽스턴 달은 전공의에 합격한 인턴들이 3월부터 과에서 근무하기 앞서 2월에 그 과의 인턴을 도는 것) 나는 합격한 과가 없었으니 그들이 가고 남은 과에 들어갔다. 다행히 주말 중 하루는 오프가 있는 분과였다.

- 수술방에서 만난 인연

내가 차리게 된 수술방에 처음 보는 스크럽 간호사가 있었다. 스크럽 간호사 역시 레지던트와 비슷하게 순환식으로 이곳저곳을 돌며 교육을 받기 때문에 처음 스크럽 하는 곳에선 실수하기 마련이다. 스크럽 간호사를 교육하는 수간호사는 굉장히 무서운 사람으로 인턴들 사이에서도 악명 높은 사람이었다. 짬으로는 인턴과 비교가 안 될 정도로 경험이 많고 교수들 또한 그들을 신뢰해서 마치 수술방을 호령하는 지휘관 같았다. 직군이 다른 인턴에게도 반말로 지시하는 수간호사가 처음 스크럽을 잡는 스크럽 간호사에게 친절할 리 만무했다. 나 또한 오늘은 수술 처음부터 끝까지 인볼브(참여) 해야 하는 상황이라 긴장하며 수술방을 차렸다.

교수님이 계시지만 아랑곳하지 않고 스크럽 간호사에게 윽박지르는 수간호사. 마치 〈우리들의 일그러진 영웅〉에서 교사의 지지를 받는 엄석대가 떠올랐다. 마스크와 모자로 얼굴의 대부분을 가렸지만 울기 직전인 상태가 느껴졌다. 나 또한 인턴 초반 그런 경험들이 있었기에 남 일 같지 않았고 그래서 연민의 감정이 느껴졌다.

2시간여의 수술이 끝나고 수간호사, 스크럽 간호사 그리고 내가 남게 되었다. 수간호사는 고삐 풀린 망아지처럼 스크럽 간호사에게 욕을 퍼부으며 그딴 식으로 할 거면 병원을 나가라는 겁박을 했다. 울음 가득한 간호사의 얼굴을 보았다. 조용히 방 정리 중이던 나 뒤로 다른 간호사가 들어와 스크럽 간호사에게 빨리 가서 밥 먹고 오라고 하는 말을 들었고 이내 그 스크럽 간호사는 총총걸음으로 나갔다. 살짝 젖힌 마스크 뒤로 얼굴이 보였다. 나는 그 간호사를 기억하기 위해 신고 있던 크록스를 보았다. 어렴풋이 J라고 써 있는 것 같았다. 까먹을까 봐 그 이름을 되뇌며 수술방을 치우고 나갔다. (수술방에선 얼굴을 가리고 있기 때문에 그 사람이 누구인지 알려면 신발을 볼 수밖에 없다.)

마침 나도 점심 수술이 취소되어 식당에서 밥을 먹을 수 있었다. 자리에 앉았다. 배가 너무 고파 와구와구 먹고 있는데 맞은편에 스크럽 간호사가 앉아 울먹이며 밥을 먹고 있었다. 일개 인턴 따위이지만 뭔가 위로라도 해줘야겠다는 생각이 들어 늙어버린 얼굴은 생각도 하지 않은 채 옆에 가서 앉았다. 나중에 안 사실이지만 이 간호사는 병원과 꽤 먼 지방의 대학을 졸업하고 혼자 올라와 아는 사람이 아예 없었다. 그러니 옆에 누가 앉아도 자기를 아는 사람이라 생각은 하지 못했을 것이다.

"안녕하세요. 저 아까 같이 수술방에 있었던 인턴입니다."

그제야 옆을 쳐다보며 눈물을 훔치는 스크럽 간호사. 우느라 밥은 거의 먹지 못했는지 음식이 그대로 놓여 있었다. 그렇게 울고 있는 상황에서 나에게 무슨 할 말이 있었겠는가. 별말 없이 고개만 끄덕이던 간호사는 민망했는지 벌떡 일어났다. 마침 점심 수술이 취소되어 그 방 스크럽이 당장 필요 없다는 것을 알고 있었고 나도 식판을 내려놓고 뒤따라 갔다.

"아까 그 수간호사는 원래 성격이 그래요. 그러니 상처받지 마세요."라는 말과 함께 한 달 동안 잘 지내보자는 말을 남기고 떠났다.

밥을 먹으며 간호사에게 했던 행동과 말은 이전의 내게선 있을 수 없는 일이었다. 용기를 내어 그분에게 말을 걸었던 그 상황을 다시 복기해보니 나도 무언가에 끌리듯 가게 된 것 같았다. 그날도 힘들게 일을 마치고 당직 침대로 돌아와 누웠는데 문득 오전의 스크럽 간호사가 생각났다. 힘들기만 한 병원이었는데 스크럽 간호사가 생각나자 갑자기 내일이 빨리 왔으면 좋겠다는 생각이 들었다.

다음 날이 되었고 수술방을 차리고 있는 사이 그 스크럽 간호사가 들어왔다. 수술 가운을 입는 사이 마스크와 모자 사이로 얼굴이 얼핏 보였는데 내 이상형에 가깝다는 생각이 들었다. 다행히 그 수간호사는 오늘 나타나지 않았고 무사히 오전부터 오후 수술까지 끝났다. 수술이 모두 끝난 후 수술방에 남겨진 나 그리고 스크럽 간호사. "오늘 수고하셨어요."라는 말과 함께 웃음을 지으며 인사를 했더니 아무 말 없이 고개를 숙이며 인사를 해줬다.

병원 내에서 누군가를 만나게 될 거라곤 전혀 상상도 안 해

봤는데 이 지옥 같은 곳에서 무슨 짓인들 못 하겠나 하는 생각이 들었고 (어차피 픽스턴 기간이고 던트도 안 할 거라 예전보다는 농땡이를 많이 치고 있었다.) 혹시 몰라 로비 1층에서 무작정 기다렸다. 머릿속은 복잡해졌는데 혹시나 잘못되면 당장 수술방에선 어쩌나 하는 걱정과 함께 내 앞가림도 못하는데 무슨 다른 사람까지 챙기나 하는 생각도 들었다. 대부분의 간호사들이 퇴근을 마친 시간까지 J 간호사는 나오지 않았고 혹시 당직을 서나 하는 생각에 집으로 가려는 순간 멀리서 혼자 나오고 있는 J 간호사를 발견했다.

사실 그때만 해도 헷갈렸다. 내가 이 간호사에게 정말 마음이 있는 건지 아니면 전쟁터 같은 수술방에서 일종의 연민과 동질감을 느낀 것인지. 뭐 어찌 됐든 나는 그 당시 마음이 내키는 대로 하고 싶었다. 나는 다시 한번 인사를 했다. 그분도 당황했는지 인사를 하며 눈을 아래로 내렸다. 내가 얻은 집은 병원에서 5분 거리에 있는 오피스텔이었다. 어차피 가는 길이었기에 같이 따라나섰다. 나는 어떤 말이라도 하고 싶어서 이것저것 얘기했지만 간호사는 당황해서인지 말을 하지 않았다. 그리고 횡단보도를 건너기 위해 서 있는데… 갑자기 간호사가 한마디 한다.

"어제 밥 먹는데 말 걸어줘서 고마웠어요."

이내 아니라고 하며 나도 그 수술방에 있으면서 마음이 안 좋았다는 둥 여러 이야기를 하며 한 3분 정도 걷다 보니 내 오피스텔에 도착했다. "안녕히 가세요."라는 말과 함께 지금 타이밍이 아니면 더 이상 기회가 없을 것 같았고 "혹시 전화번호 여쭤봐도 될까요?"라는 뇌가 시키지 않은 척수 반사가 나왔다. 다행히 나는 간호사의 전화번호를 받을 수 있었다. 방으로 들어와 침대에 누워 받았던 번호를 한참 쳐다보며 발을 동동 굴렀다. 아마 인턴을 시작하고 이토록 웃었던 적은 없었던 것 같다. 사실 그 사람과 한 거라곤 몇 마디 나눈 대화뿐이었지만 그 대화에서마저도 이 사람을 좀 더 알아가고 싶다는 생각이 들었다.

Positive Feedback(양성피드백)이라고 하던가? 처음엔 무슨 감정인지 몰랐던 initial emotion(첫인상)에서 여러 피드백을 통해 점차 호감으로 바뀌어 가고 있었다. 나는 그날부터 쭉 간호사와 메시지를 주고받았고 점차 감정이 더 커져가고 있었다. 그리고 나는 처음으로 인턴을 하면서 내일 할 일이 빨리 왔으면 좋겠다고 생각하고 있었다.

3
그녀와의 첫 만남

- J 간호사와의 진전

우리는 여전히 수술방에서 마주쳤다. 전날 밤까지 메시지를
주고받다가 아침에 수술방에서 만나는 순간은 꽤나 짜릿했다.
금기시되는 연애를 하고 있는 느낌이었다. J 간호사는 수술방
에서 가장 계급이 낮은 간호사, 나는 이 병원에서 가장 계급이
낮은 인턴이었다. 최하층 계급의 남녀가 몰래 썸을 탄다는 건
지금 생각하면 참 귀여웠다. 다행이라면 우리 둘 모두 마스크
로 얼굴을 가리고 있어 이따금 새어 나오는 웃음도 자연스레 가
릴 수 있었다는 점이었다. 그녀는 어땠는지 모르지만 나는 그랬

다. 인턴 1년을 하면서 병원에서 웃은 건 아마도 처음이었다.

인턴의 한 달 스케줄은 수술방 앞에 붙여져 있었다. 당분간은 다른 조에 편성되어 병동과 빽(수술방 준비에 문제가 생기거나 긴급 수술이 잡히면 투입)을 할 예정이었다. 수술방에서 그녀를 못 볼 거라 생각하니 아쉬웠다. 내가 번호를 받은 이후 며칠 동안은 사실상 펜팔과 다를 바 없는 관계를 유지했다. 메시지로 주고받은 내용에 비해 정작 만나서 나눈 대화는 합쳐도 5분이 되질 않았다. 어쩔 수 없었다. 스크럽 간호사 역시 나처럼 교육 중이었고 매일 수간호사에게 교육 받으며 힘든 하루하루를 살고 있었기 때문에 오프 날 저녁이라도 먹자고 제안하는 게 얼마나 힘든 일인지 잘 알고 있었다.

- 인턴의 마지막

2월이 절반 지났다. 인턴 생활도 2주 남았다. 나는 그사이 군에 지원했다. 대학병원에 인턴으로 지원하기 위해서는 의무사관후보생 서약서를 써야 한다. 이 서약서는 대학병원에 위탁되어 교육을 받는 대신 나중에 전문의가 되어 의무장교로 임관할 때까지 입영 연기를 허가해준다는 것을 의미한다. 만약 전공의를 지원하지 않을 경우 바로 입대를 해야 했다. 이런 이유로 나는 군에 지원했다.

대개 떨턴(전공의에 지원했지만 떨어져 어쩔 수 없이 군대에 가게 된 인턴 수료생)들의 경우 군의관으로 끌려간다. 나같이 픽스턴을 돌지 않는 KIM Doctor(KIM은 군대를 가지 않은 미필 의사, NON KIM은 군대를 다녀온 군필 의사)들의 주요 화두는 공중보건의로 갈 수 있을까 하는 것이었다.

발표 날이 되었다. 나는 군의관이나 공보의나 딱히 선호는 없었다. 그저 심신이 지쳐 차라리 군대에 가서 쉬고 싶었다. KIM들 중 하나둘씩 군의관으로 선발되었고 나는 일과가 끝난 다음 아무런 생각 없이 접속한 병무청 사이트에서 공중보건의로 편입되었음을 알게 되었다. KIM들의 부러움을 받았지만 정작 나는 무덤덤했다. 떨턴 공중보건의사는 시골의 낙후된 병원 인턴 생활을 다시 할 게 뻔했기 때문이다. 인턴이 싫어서 탈출했는데 또 인턴 생활을 하게 될지 모르는 상황이었다.

- J와의 첫 만남

바쁜 인턴 생활 중에도 J 간호사와의 연락은 계속됐다. 당직실 침대에 누워 오늘은 수간호사가 괴롭히지 않았냐 수술하는 내내 힘들지 않았냐는 대화만 반복해도 즐거웠다. 나는 인턴 생활이 1주 남았고 대략 3주 뒤쯤이면 논산훈련소에 들어가야 했다. 더 이상 늦어지면 안 될 것 같아 이번 주말에 시간 있냐고 물었더니 다행히 토요일 오후에 시간이 된다 하여 공식적인 첫 만남이 성사되었다.

토요일 오후 약속이었음에도 금요일 저녁 칼퇴를 하고 몸 관리에 들어갔다. 1년간 썩어버린 육신을 하루 동안의 노력으로 바꾸어 놓아야만 했다. (될 리가 없다) 목욕탕을 갔다. 밤늦게 피부관리실에 갔고 다음 날 오전에는 그동안 쓰지 못해 쌓여버린 월급으로 백화점에서 옷을 사 입었다. 그리고 예약해 둔 레스토랑에 도착해 앉았다. 내 키가 그리 작지 않음에도 수술방에서 본 그녀의 눈높이는 거의 나와 같았다. 내심 걱정되기 시작했다. 기다리는 동안 두근거리는 심장박동 때문에 테이블의 물 잔까지 흔들리는 것 같았다.

또각. 또각. 또각. 구두 소리가 들렸다. 나는 단박에 남자 구두 소리가 아님을 알 수 있었다. 남자의 그것보다 더 크고 날카로웠다. 멀리서 본 그녀의 얼굴은 내가 수술방에서 본 모습보다 몇 곱절 예뻤다. 그녀도 오랜만에 꾸미고 나와서인지 살짝 어색해 보였다. 하지만 남자들은 알 것이다. 그런 모습이 더 사랑스럽다는 것을. 다행히 내 얼굴을 알아보고 테이블로 다가왔다.

"안녕하세요 선생님."
"안녕하세요."

분명 매일 메시지를 나누던 사람이었는데 마치 처음 만나는 사람 같았다. 이 순간은 학교 합격 순간보다도 떨렸다. 인턴의 첫 마음가짐처럼 당황한 모습을 들키지 않으려 당당하게 행동했지만 이따금씩 새어 나오는 긴장한 행동에 간호사는 눈웃음을 지었다. 그래도 메시지로 나눈 대화가 있어서인지 긴장감은 시간이 갈수록 풀렸다. 파스타가 코로 넘어가는지 귀로 들어가는지 모를 정도로 그녀와의 대화에 집중했다.

"선생님 그때 식당에서 어떻게 저를 알고 옆에 오신 거예요?"
사실대로 얘기하기로 했다.

"인턴을 돌면서 많은 간호사들과 일했는데 처음 뵙는 분이 막 혼나고 있어서 나 같다는 생각이 들었어요. 마치 거울에 비친 나 같은 느낌이랄까?"

"선생님은 좋은 의사 선생님이 되실 것 같아요."

"왜요?"

"정말 아픈 환자는 의사 선생님에게 찾아갈 힘도 정신도 없잖아요. 근데 선생님은 아파하고 있는 환자를 멀리서 바라보고 직감으로 찾아내신 거잖아요?"

"아… 네… 감사합니다."

난 단지 배가 고파서 식당에 갔을 뿐이고 우연히 내 눈앞에 그 간호사 선생님이 있었을 뿐이고 본능적 행동에 따라가서 말을 건 것뿐이었는데 좋은 행동으로 비쳤다니 1석 3조였다. 나를 좋게 봐주었다는 사실에 안도했다. 그분은 나보다 2살 어렸고 고향에서 먼 이곳에서 혼자 거주 중이었다. 매일 교육으로 바빠 친구 하나 사귈 기회가 없었는데 같은 병원에서 일하는 나를 알게 되어 기쁘다고 했다. 대화가 마무리되고 계산하며 나오는 사이 밖에는 눈이 내리고 있었다. 2월 중순이었지만 봄의 느낌보다 겨울의 묵직함이 더 느껴지던 날들이었다. 눈이 살짝 쌓인 길가를 걷는 내 구두와 간호사의 구두 소리가 번갈아가며 들렸다. 그 소리는 묘하게 기분이 좋았다.

우리는 대학병원으로부터 1시간 정도 떨어진 곳에서 만났
다. 최하 계층 간의 만남은 언제나 조심스럽다. 병원 사람 누구
에게라도 발각된다면 다음 날 그녀가 곤란해질 게 뻔했다. 그런
간호사 문화를 알기에 무리한 부탁은 하지 않았다. 그녀의 오피
스텔 앞까지 같이 택시를 타고 가기로 했다. 뒷자리에 나란히
앉아 이따금씩 느껴지는 간호사의 심장 두근거림과 온기에 다
시 한번 설레기 시작했다. 어쩔 수 없이 나란히 앉아 처다본 간
호사의 모습은 더욱 아름다웠다. 택시가 도착하고 내렸다. 마
주 보고 섰다. 그녀는 키가 컸지만 다행히 나보다 크진 않은 것
같았다. 수줍어하는 그녀의 모습에 더 적극적으로 다가가기로
마음먹었다.

"쌤 다음 오프는 언제예요?"
"아 제가 3월부터는 다른 수술방으로 가서요. 아직은 모르겠
어요."
"오프 날 생기면 꼭 저한테 먼저 알려주세요."
"네?"
"저는 쌤한테 제 오프를 먼저 쓸 거거든요."

마음은 당당한데 내 눈만큼은 파르르 떨려 긴장하고 있음을 들키고 말았다. 그녀도 싫지 않은 듯 피식 웃으며 알겠다고 하며 집으로 들어갔다. '커피라도 한잔 더 하고 싶어요.'라는 말이 목구멍까지 나왔지만 그녀의 상황을 알기에 참았다. 비밀번호를 누르며 들어가던 그녀가 다시 한번 나를 쳐다보며 손을 흔들었다. 자동으로 켜진 라이트에 그녀의 옷깃이 반사되어 아름답게 보였다. 멀리서 본 그녀의 모습 중 아직도 기억나는 건 그 환한 미소와 후광이다.

4
인턴을 마치다

- 인턴 수료증, 대학병원을 떠나다

　인턴을 수료했다. 학생에서 갓 벗어나 몸부림치던 첫 달을 기억한다. 무수히 많은 환자들을 찔렀고 합법적으로 그들에게 생채기를 냈다. 칼을 들고 사람을 찔러서 혼나지 않는 직업은 의사가 유일할 것이다. 우리는 칼로 사람을 찌르면서도 죽이지 않는 방법을 알고 있다. 그것에 대한 자격이 의사 면허증이고 그러므로 살인자가 되지 않기 위해 평생을 노력해야 한다. 인턴을 마쳤다고 뭐 대단한 능력을 갖게 된 것은 아니다. 의사 사회에선 적어도 1년간 도망가지 않은 끈기 있는 놈이라는 훈장 정

34

도는 되겠지만. 어쨌든 1년 만에 대학병원을 나오게 되었다.

당직 침대를 정리했다. 속옷, 책, 거울, 로션… 로션은 사러 갈 시간이 없어 동기 로션을 며칠간 썼다. 대개 1년 정도 머물 다 나오면 짐이 늘어나기 마련인데 들어올 때 한 박스 그대로 가지고 나왔다. 병원에선 딱히 짐이 필요 없었다. 치열하게 살 았던 1년 동안 그래도 나만의 공간이었던 침대를 바라보니 눈 물이 났다. 환자에 욕먹고 윗년차 선생님에게 혼나고 와서 위로 가 됐던 나만의 공간이었다. 8인 1실 공간의 중앙 테이블은 성 토의 장소였다.

환자에게 먹살이 잡혔다며 욕을 하며 들어오는 한 동생에게 몰래 숨겨놨던 냉장고 속 맥주를 꺼내 주었다. 차가운 맥주는 달아오른 동생의 화를 순간적으로 낮추어 주었다. 나머지 인턴 들도 동생의 말에 귀를 기울이며 같이 욕 한 바가지를 해준다. 동생은 본인이 잘못한 게 아니라 환자가 잘못한 것이라 생각해 주는 든든한 지원군을 얻었다. 실제 상황이 어찌 됐건 우리는 맥주 하나로 노여움을 풀곤 했다. 나를 제외한 나머지 3명은 본 인들이 원하던 과에 합격하여 픽스턴을 돌고 있었고 그 방의 짐 은 오로지 내 것만 남아 있었다. 잠시 테이블을 쳐다보며 그때의 환상을 떠올리다 이내 껐다.

나는 다시 박스를 집어 들고 병원 가운은 저 구석에 처박아 둔 채 나왔다. 마지막 자존심이었다. 내가 내 의지로 대학병원을 떠난다는 기백이라도 보여주고 싶었다.

20××. 02. 28 의사 ○○○ 인턴 수료

- 따뜻한 홍차의 기억

그녀와 대학병원에 있을 때만큼 마주치지 못해 아쉽기는 했다. 수술방에서 지나가며 몰래 윙크하던 짜릿한 순간을 이제는 만들 수 없다. 둘은 비밀 만남이 완벽하다 생각했겠지만 또 누가 눈치채고 있었는지는 모르겠다. J 간호사와는 어느새 통화하는 사이가 되었다. 통화를 시작하면 2시간을 넘기기 일쑤였다. 내색하지 않았지만 서로 보고 싶다는 말을 하지 못해 빙빙 둘러 2시간 동안 했던 것 같다. 한 주가 흐르고 J 간호사의 오프 날이 있다는 얘기를 들었다. 나는 확인도 하지 않고 당연히 된다는 말과 맛있는 거 먹으러 가자는 메시지를 남겼다.

3월이 되었고 날도 따뜻해지고 있었다. 옷차림도 많이 가벼워졌다. J 간호사도 병원 생활에 적응을 했는지 많이 밝아진 느낌이었다. 나 또한 인턴 생활을 끝내 마음에 여유가 생기니 긍정적인 생각이 많아졌다. 자연스레 우리의 대화는 웃음꽃을 피웠다. 우리는 처음으로 카페에 갔다. J 간호사가 처음 받는 연오프 날이었다. 홍차와 따뜻한 아메리카노. 차 마시는 순간은 매우 소중하다. 대화를 하는 도중 마시는 차 한잔의 순간은 쉼표 같은 대화의 묘로 사용할 수 있다. 그러나 식사는 그렇지 않다. 밥 먹는 순간은 분위기를 차갑게 만들 수 있다. 그래서 그녀와 따뜻한 차를 마시고 싶었다.

길가에 언 눈이 녹고 있었다. 잔디밭의 눈이 녹고 잔디가 돋아나면 푸르러질 것이다. 우리도 겨우내 힘들었던 순간들을 벗어내고 기지개를 켜기 위해 서로에게 따스하게 대하고 있었다. 따뜻한 홍차가 식도를 타고 들어가니 몸의 근육이 이완된다. 그녀 또한 편하게 의자 뒤로 몸을 기울였다. 홍차의 쉼표, 대화, 커피의 쉼표, 대화가 반복되는 순간을 기억해 내려고 노력했으나 기억나지 않았다. 그 순간은 마치 햇빛에 녹아버린 눈밭처럼 순식간에 사라져 버렸고 그저 따뜻해졌구나 하는 느낌만이 남아있었다.

우리는 무슨 대화를 했을까? 기억나지 않아도 좋다. 뭉뚱그려 따뜻했던 한순간으로 추억되어 있으니 말이다. 대화를 하다보니 10시가 훌쩍 넘었다. 내 얼굴에는 매우 아쉬운 표정이 가득했다. 내 마음속 악마와 천사가 싸우기 시작했다.

악마: 내일 오프라며? 그럼 맥주라도 한잔 더 하자고 해!
천사: 아니야, 악마의 유혹에 넘어가지 마.

악마와 천사가 한참을 싸우더니 천사는 어느 순간 사라지고 없었다. 분명 악마의 논리에 KO 당한 게 뻔했다. 나는 그녀의 오피스텔로 데려다주는 도중 과감하게 말했다.

"혹시 맥주 한잔할래요?"
"네 저도 아쉬웠는데 간단하게 맥주 한잔만 해요."

역시 악마가 옳았다. 천사 놈이 진정한 악마임에 틀림없다. 악마가 아니었다면 난 그대로 훈련소에 끌려가 5주 내내 후회만 했을 것이다. 오랜만에 마시는 맥주가 정말 맛있었다. 편해진 복장만큼이나 우리 사이도 편해졌다. 맥주 한잔이 우리를 이렇게 가까워지게 할 줄은 몰랐다. 좋아하는 사람과 좁은 선술집에 앉아 오손도손 이야기하는 순간은 정말 행복했다.

맥주는 나를 행복하게 한다. 그녀도 나를 행복하게 한다. 나는 너무 행복한 사람이다. 더 과감해진다. 그러다 더 자주 만나고 싶었다는 말을 무심결에 내뱉었다. 그녀는 고맙다고 했다. 타지에서 올라와 힘든 자기에게 처음으로 힘이 되어준 사람이라고 했다. 나도 고맙다고 말했다. 나의 의도를 나쁘게 보지 않고 좋게 생각해줘서 고마웠다. 우리는 그날 서로에게 하고 싶은 말을 내뱉었다. 문득 〈첨밀밀〉의 한 장면이 스쳐 지나갔다. 이러다 키스를 해야 영화가 되겠지만 현실은 달랐다. 심장을 가로막고 있던 속마음을 하나둘씩 내뱉으니 심장이 걷잡을 수 없이 뛰기 시작했다. 건장한 청년은 심박수가 200회 이상 될 수 없는데 조만간 제세동기가 필요할 것 같았다. 그녀의 큰 눈을 보니 가만히 있을 수 없었다. 곧장 일어나 손을 잡고 공원으로 달렸다. 그러지 않았다면 나는 쓰러졌을지도 모르겠다. 너무 행복했고 그녀에게도 행복을 주고 싶었다. 순식간에 일어난 일이라 준비는 하지 못했지만 솔직한 마음을 담아 고백했다. J 간호사도 고맙다는 눈빛과 함께 내 손을 꼬옥 잡아주었다.

우리는 그렇게 커플이 되었다. 그 순간은 누구도 부럽지 않은 커플이었다. 나는 그녀를 집 앞까지 데려다주고 연신 애정의 눈빛을 보내며 그녀를 보내줬다. 그리고 돌아서 우리 집까지 쉬지 않고 달렸다.

5
여자 친구

- 육군훈련소 갑니다

사귄 지 며칠 되지 않은 여자 친구에게 말해야 할 사실이 있
었다. 대학생 때나 들을 법한 이야기를 여자 친구에게 하면 과
연 어떤 반응을 할지 궁금했다. 훈련소에 들어가기 5일 전 할
말이 있다고 메시지를 남겼고 근무를 끝낸 J를 만나러 오피스텔
앞 카페로 갔다. 20개월 근무하는 현역병과 다르긴 해도 사귄
지 며칠 되지 않은 남자 친구로부터 훈련소에 간다는 말을 들으
면 무슨 기분일까? 최대한 심각하지 않은 척 말을 꺼냈다.

"J야 나 할 말이 있는데…."

"응 무슨 말이야?"

"나 전공의 지원을 안 했잖아? 그래서 조만간 공중보건의로 갈 거 같아."

"아 그럴 거라고 생각했어! 그럼 언제 가는 건데?"

"응 4일 뒤에 논산훈련소에 들어가."

"…푸하하하하하 사귄 지 며칠 안 된 여자 친구한테 군대 간다고 해도 되는 거야?ㅋㅋㅋㅋㅋ"

"미안해 그래도 5주면 나올 거니까 조금만 기다려줘."

"알겠어 오빠, 걱정하지 말고 다녀와."

5주라 해도 남자 친구가 훈련소에 간다는데 당황하지 않을 여자 친구는 없을 것이다. 다행인 건 5주면 다시 볼 수 있다는 것이었다. 그제야 군의관이 아닌 공보의로 편입된 것에 감사했다. 그렇게 우리는 아무렇지 않은 듯 까르르거리며 오랜만에 많이도 웃었다.

- 훈련소 입소 하루 전

목요일 입소를 앞두고 집으로 돌아와 필요한 준비물들을 챙기고 있었다. 공보의는 사회에 나가자마자 병원 또는 보건소에서 공공의료를 해야 하기 때문에 훈련도 중요하지만 건강하게 퇴소하는 데 초점이 맞추어져 있다고 했다. 필요하다는 여러 물건들을 챙기고 머리를 잘랐다.

저녁에는 여자 친구와 약속이 있었다. 사귄 지 얼마 안 된 여자 친구와 잠시 떨어져 지낸다는 건 생각만 해도 슬펐다. 그러나 J 앞에서 슬픈 모습을 보이고 싶지 않았다. 잠시 떠나기 전 좋은 추억이라도 남기고 가고 싶었다. 인턴을 끝내면서 오피스텔 짐을 뺐고 전공의로 정신없는 친구의 빈집에서 하루 신세 지기로 했다. 짐을 친구 집에 잠시 내려두고 약속 장소로 나갔다. J는 로제 파스타를 좋아했다. 나는 오일 파스타를 좋아했지만 원래부터 로제 파스타를 좋아한 척 천생연분인 거 같다며 맞장구치곤 했다. 로제 파스타를 가장 맛있게 하는 레스토랑을 예약해두고 J를 데려갈 작정이었다. J가 퇴근 후 잠시 집에 들렀다 온다는 말에 카페에서 기다리고 있었다. 갑자기 J에게서 전화가 왔다.

"오빠 잠시 우리 집으로 들어올 수 있어?"

"어? 들어가도 괜찮아?"

"응 추우니까 들어와."

최소한의 예의를 보이기 위해 집 앞으로 나와 직접 문을 열어달라고 했다. 두근두근. J의 집에 가게 될 줄은 생각도 못 했다. 집으로 올라가는 계단은 어찌 그리 높던지. 3층을 올라 문 앞에 섰다. 띠또. 띠또. 띠또. 띠리링. 가슴이 터져버릴 것 같았다 그리고 이내 문이 열렸다. 달콤한 디퓨져 향이 신발장에서부터 나기 시작했다. 신발장의 구두들은 급하게 각을 맞춘 듯 놓여 있었고 은은하게 풍겨 오는 J의 향기에 잠시 아찔해졌다.

"나 오늘 레스토랑 예약해뒀는데."

"오빠 내가 오빠한테 해주려고 음식 준비했어. 오빠 훈련소 들어가면 이제 맛있는 것도 못 먹을 텐데 내가 음식은 해줘야 할 것 같아서."

생각지도 못한 선물에 감동해서 J를 안고 말았다. J는 나에게 잘 보이기 위해 내가 좋아하던 블라우스를 입고 기다리고 있었다. 보기만 해도 사랑스러운 내 여자 친구가 나를 위해 이렇게 준비를 해주니 몸 둘 바를 몰랐다.

"오빠 배고플 텐데 빨리 저녁 먹자."
"응 정말 고마워."

나는 이날도 음식이 코로 들어가는지 귀로 들어가는지 모른
채 사랑스러운 여자 친구의 얼굴을 쳐다봤다. 부담스럽다며 밥
을 먹으라는 여자 친구의 말도 무시했다. 소금 소태였어도 아마
맛있게 먹었을 것이다. 그렇게 여러 이야기를 나누며 여자 친구
가 준비해준 음식을 모두 먹었다. 이날부터 내가 가장 좋아하는
음식은 로제 파스타로 하기로 했다. 설거지를 마치고 나를 향해
돌아선 여자 친구의 모습은 천사였다. 내게로 다가와서 "이제
뭐 할까?" 하는 여자 친구 말에 "커피 마실까?"라고 대답했다.
그 순간 나는 재치를 발휘해 커피를 사 올 테니 잠시 기다리라
고 말했다. 나는 카페는 찾지 않고 편의점을 찾았다. 가까운 편
의점에 가서 맛있어 보이는 와인 한 병을 샀다. 와인을 안고 집
으로 가는데 갑자기 전화가 걸려왔다.

"○○○ 님 오늘 7:30에 예약하셨는데 오고 계신지 확인드리
려 전화드렸습니다."

아차… 여자 친구의 음식상에 홀려 예약한 사실을 까맣게 잊고 있었다.

"죄송합니다… 제가 갑자기 사정이 생겨 사전에 전화를 드릴 여유가 없었습니다. 정말 죄송합니다."

나쁜 노쇼 고객이 되어버렸지만 지금처럼 중요한 상황에선 모두가 용서해주길 바랐다. 1층에서 커피를 사 왔다며 문을 열어달라 하여 출입문 앞에 섰고 나는 짠 하는 소리와 와인을 마시자며 와인을 보였다. 당황한 기색이 있었지만 여자 친구도 나의 행동이 귀여워 보였던 듯하다. 귀여운 인형이 가득한 여자 친구의 방이 그제야 보이기 시작했다. 바보같이 와인을 사 올 때 안주도 같이 사 왔으면 더 좋았을걸 화이트 와인만 덩그러니 테이블에 놓여 있었다.

"오빠 딸기랑 같이 와인 마실까?"
"응 좋지, 뭐든 좋아."

따뜻한 여자 친구 방에서 사랑하는 여자 친구와 나란히 앉아 와인 먹던 순간은 아직도 생각난다. 술이 들어가니 시답잖은 농담도 나오고 까르르 웃음이 이어졌다. 와인을 두 잔쯤 마시고 나선 여자 친구에게 내가 훈련소에 가 있어도 괜찮겠냐고 물었다. 여자 친구는 "괜찮을 여자 친구가 어디 있겠어."라며 비로소 서운한 기색을 드러냈다. J는 항상 본인의 생각이 남을 불편하게 할까 봐 잘 내색하지 않던 친구였다. 그것을 알기에 더 미안했고 그래서 안아줬다.

"미안해… 내가 너를 좀 더 일찍 만났으면 더 좋았을 텐데. 다녀와서 더 잘해줄게."
"응 오빠 몸 건강히만 잘 다녀와."

여자 친구를 안고 있다 보니 좋아서 그냥 엉덩이를 옆으로 붙였다. 술의 긍정적 효과이다. 나는 과감해지고 여자 친구는 둔감해진다. 우리 둘은 다리를 쭉 뻗은 채 벽에 등을 기대고 있었는데 여자 친구가 머리를 어깨에 기댔다. 좋은 섬유유연제 냄새가 풍겼다. 심장박동이 빨라지는 걸 여자 친구에게 들키지 않을 수 없었다. 나는 할 말이 있다며 얼굴을 마주 봤고 바로 여자 친구의 얼굴에 뽀뽀를 했다. 처음에 당황하던 여자 친구도 이내 웃더니 나에게 뽀뽀를 해줬다. 우리는 꼭 껴안고 천장을 쳐다보며 누워있었다. 서로의 따뜻한 체온을 느끼며 사랑한다고 귓가에 속삭였다. 우리는 그렇게 편안하게 누워있었다.

- 입소 당일

"내가 많이 좋아하는 거 알지?"
"오빠 몸 건강히 잘 다녀오고 내가 꼭 편지 많이 쓸게 사랑해."
"고마워 꼭 잘 다녀올게. 너도 밥 잘 먹고 잘 지내고 있어!"

나는 그렇게 친구 집으로 다시 돌아와 캐리어를 챙겨 논산 훈련소로 향했다. 가는 내내 머릿속에 여자 친구의 얼굴이 동동 떠다녔다.

6
인턴 중 기억나는
환자들과 잡다한 이야기

- 기억나는 환자 이야기 (1)

내과는 평생 치료를 하는 과다 보니 환자들이 지쳐있고 순응도도 낮았다. 그래서 환자들의 분노는 일반인의 몇 곱절이고 그 분노를 하루에도 몇 번씩 심심찮게 봤다. 호흡곤란으로 입원한 한 아저씨는 빨리 낫게 해 달라면서 그렇게도 몰래 담배를 피웠다. x-ray는 더 나빠지고 폐기능 검사도 계속 나빠지는데 몰래 몰래 폈다. 그래 놓고는 이렇게 말했다. "의사 양반, 약 좀 더 좋은 거 써서 빨리 낫게 좀 해주소. 병원이 후져서 그런지 몸도 잘 안 낫네." 교수님 입장에서는 다른 병원으로 전원시켜버리고 싶으셨을 것이다. 그래도 웃으며 묵묵히 할 말 하시는 교수님을 보며 많은 것을 느꼈다.

- 기억나는 환자 이야기 (2)

그 당시 종종 보던 환자분이 돌아가셨다. 처음 그런 상황을 겪을 땐 놀라기도 했지만 많은 환자들을 보다 보니 무뎌졌다. 그 사람은 전날 Acute peritonitis(급성 복막염)로 내원한 환자였다. 내가 진찰하기에도 Blumberg 징후(반발성 압통 소견)가 나타났고, CT 소견상 천공이 의심되어 응급수술이 필요한 상황이었다. 그러나 그 환자는 수술을 거부했다. 이유는 자기가 본 책과 방송에서 "병원을 믿지 마라. 약은 안 먹을수록 좋다."라고 말했다는 것이었다.

약은 안 먹을수록 좋다. 하지만 치료를 제때 하는 것은 중요하다. 수술이 필요한 환자인데 본인은 복통 이외에 증상이 없다며 진통제 처방과 퇴원을 강력하게 요구했다. 결국 동의서를 받고 환자는 걸어서 퇴원을 했다가 다음 날 사망했다. 방송 하나 찍으려고 자극적인 말들을 써내다 보면 잘 모르는 일반인들은 그들의 명성을 믿고 진실이라 생각하게 된다. 의학에 관해서는 조심스럽게 조언해야 한다고 생각한다. 학문적으로 논문이나 과학에 근거하지 않은 말들을 방송이나 책에서 서슴없이 말하는 모습들을 보면 가끔 무서울 때가 있다. 최근에 이런 환자들이 더 많아지고 있다는 것이 문제다.

분명히 할 필요가 있다. 보조 치료가 전혀 도움이 되지 않는 것은 아닐 것이다. 하지만 적어도 지금 내가 걸린 병의 우선 치료가 무엇인지는 정확히 파악할 수 있게 그리고 환자 본인이 파악할 수 있는 환경 정도는 조성되어야 한다고 생각한다.

- 응급실에서 근무할 당시 이야기

응급실을 내원하는 환자들 중에 정말 응급한 환자는 50명 중 한 명 정도 될 것이다. 응급실 인원은 한정적이고 환자는 그보다 많기 때문에 priority(우선순위)를 가지고 환자에게 접근해야 한다. 예를 들어 당장의 치료를 요하지 않는 감기 환자보다는 뇌졸중이나 뇌출혈 환자를 먼저 봐야 할 것이다.

한번은 골절당한 환자가 응급실에 내원했다. 엑스레이 촬영을 하고 환자가 통증을 호소할 경우 약을 주고 담당 전공의가 이미지를 확인할 동안 잠시 환자는 대기하고 있으면 된다. 그사이 의식을 잃은 환자 한 명이 119에 실려 들어왔다. ER(응급실)에 근무하는 모든 선생님이 달려가 그 환자를 파악한다. 대개 응급한 환자는 스스로 아프다고 얘기를 하지 못한다. 그래서 ER에선 그런 말이 있다.

"아프다고 말 안 하고 조용히 있는 사람부터 먼저 찾아라."

인턴을 포함한 전 의사가 환자의 활력징후 회복에 최선을 다하고 있었다. 20분쯤 흘렀을까? 골절당한 환자의 가족이 왜 자기들 치료해주지 않냐고 고함을 치더니 급기야 트레이에 있던 의료도구들을 막 던지기 시작했다. 뉴스로만 보던 상황을 직접 경험하자 소름이 돋았다. 어느 교수님이 얘기했다. 가장 아픈 통증은 내가 가진 통증이다. 모두가 다 아프겠지만 의료진이 더 응급한 환자를 먼저 봐야 한다는 인식이 내려앉았으면 좋겠다. 우리나라처럼 의료 서비스의 접근이 쉬운 나라에서는 널리 퍼지기 쉽지 않은 인식 같기도 하다.

- 사랑하는 부모님

인턴을 하면서 딱 두 번 부모님을 뵀다. 한 번은 오피스텔 입
주하면서 한 번은 추석 때였다. 입학해 유급 없이 쭉 진학하여
동대학병원의 인턴으로 취직한 나를 부모님께서는 자랑스러워
하셨다. 풍족하진 않지만 진급할 수 있도록 아낌없는 지원도 해
주셨다. 오피스텔 입주도 도와주셨다. 그리고 부모님께 말씀드
렸다. 이제 더 이상 지원 안 해주셔도 된다고, 앞으로 부모님 본
인들의 삶을 위해서 쓰시라고 말씀드렸다. 그 말에 부모님은 감
정이 북받쳤는지 우셨다. 부모님도 드라마로만 봤지 지옥 같은
인턴 생활의 실제 모습을 알지 못하셨다. 지옥 같은 인턴 몇 달
을 보내고 다시 부모님을 뵙던 추석날. 어머니는 내 얼굴을 보
자마자 방바닥에 주저앉으셨다.

"네가 어떻게 살았길래 얼굴이 이렇게 상했나?"
"인턴 그만두고 건강부터 챙겨라."

부모님께서는 귀한 아들의 모습이 망가져 있으니 통탄할 따
름이었을 것이다. 최근에 힘든 과를 돌고 있어 그런 거지 밥도
잘 먹고 잘 지낸다며 부모님을 달래 드리고 겨우 저녁을 먹을

수 있었다.

부모님을 뒤로하고 다시 대학병원으로 돌아오던 날. 부모님을 위해서라도 더 잘 먹고 잘 지내야겠다는 생각을 했다. 쓰지도 않던 수분크림에 로션 세트를 구입하고 방에는 여러 영양제도 가져다 두었다. 부모님이 종종 보내주시는 반찬도 빠뜨리지 않고 먹으려고 노력했다. 시간은 없지만 병원 옆 헬스장에 샤워하러 간다는 생각으로 등록을 해서 운동도 시작했다.

사람은 정말 하기 나름이다. 망가졌던 얼굴도 점차 회복되는 듯했고 병들어 있던 몸도 개운하게 바뀌어 가고 있었다. 이것도 인턴 막바지에 여유가 생겨서 가능한 일이었다. 그렇지 않았다면 아마도 J 간호사를 만나지도 못했을 것이다. 부모님 덕분에 사랑스러운 여자 친구도 만날 수 있었던 거다. 부모님 말씀을 잘 들으면 하늘에서도 떡이 떨어진다더니…?

2장

나는 섬의 하나뿐인 의사입니다

7
훈련소 입소

- 의사들이 훈련소에 모이면 생기는 일

3월의 논산훈련소는 무척이나 추웠다. 차가운 연병장을 나 갈 때마다 너무 괴로웠다. 그래도 사람은 이내 적응한다. 어느 새 찬물로 샤워하고 있는 내 모습을 발견한다. 찬물에 들어갔다 나오면 왠지 더 건강해진 느낌이 들었다. 그러나 허세였다. 건 강해지기는커녕 객기를 부리다가 결국 논산 바이러스에 감염 되고 말았다.

논산 바이러스. 몇십 년간 창궐 중인 육군훈련소 내 풍토 호흡기계 바이러스다. 실체는 모르지만 대부분의 훈련생들이 감염되고 감염된 이후에도 한동안 기침을 한다. 그런 역병이 몇십 년간 창궐하고 있지만 역학조사 따위 하지 않았다.

감기 걸린 의사들이 저녁을 먹고 모여 토론을 한다.

주제: 논산 바이러스의 실체란 무엇인가?
주최: 육군훈련소 25연대 ○○중대 ○○소대 3분대

의사 1 (내과 의사): 대부분의 감염 환자가 초록색 가래를 뱉는 걸 봤을 때 녹농균에 의한 폐렴 증세가 의심됩니다.
의사 2 (일반의): 녹농균에 의한 폐렴은 건강한 사내 사이에서 전파되기 힘들다고 생각합니다.
의사 3: 발열을 동반하지 않는다는 점에서 폐렴보다는 단순 바이러스성 상기도 감염이 의심됩니다.
한의사 1: 괴질입니다. 연대 건물을 모두 불태우고 이전해야 합니다.

한바탕 난상 토론이 벌어졌다. 환자를 놓고 여러 과 스탭이 컨퍼런스 하는 현장 같았다. 그 모습이 신기했는지 분대장님도 즐겁게 쳐다보셨다. 나 또한 가만히 앉아 생각을 했다. 나는 초록색 가래가 심하게 나왔는데 녹차라떼보다 짙은 초록색이었다. 누가 보면 먹던 매생이를 뱉는 줄 알았을 것이다. 과연 논산 바이러스에는 어떤 약을 써야 할까?

다음 날 의무대에 갔다. 저기 멀리 불쌍한 군의관이 보인다. 불쌍한 이유는 다음과 같다. 군의관 중 가장 불쌍한 군의관은 나처럼 인턴만 마치고 군대에 끌려온 중위관(중위로 임관한 인턴의)들이다. 던트를 마치고 오면 대위로 임관하는데 그럴 경우 중위관보다는 편한 곳으로 배치될 수 있다. 반면 가뜩이나 떨턴이 된 것도 심란한데 중위관은 가장 힘든 신병교육대 등으로 배치된다. 내가 저 자리에 있을 수도 있었다 생각하니 아찔하며 순간 감기가 낫는 것 같았다. 역시 병은 마음에서부터 오는 것 같다.

공중보건의 연대가 의무실을 가는 시간이면 그나마 군의관은 편해진다. 자발적으로 약 리스트를 돌려가며 자가 처방을 실시하기 때문이다. 20여 명의 의사들은 자리에 앉아 각자 진단한 대로 약을 처방한다. 옆 한의사가 자기에게 처방을 해달라고 부탁한다. 나는 논산 바이러스가 있다고 생각했다. 바이러스라면 거담제와 기침약 이부프로펜 정도면 될 것 같았다. 혹시 몰라 일주일간은 일반적인 항생제와 함께 먹어보기로 했다. 초록색 가래를 보고 녹농균을 의심한 선생님은 퀴놀론을 처방했고 3세대 세파 계열 약을 처방한 선생님도 있었다.

결과는 어땠을까? 소용없었다. 항생제를 먹은 군, 일반적인 항생제를 먹은 군, 퀴놀론을 먹은 선생님, 세파 계열 약을 먹은 선생님 전부 공보의로 나가서도 2달간 기침과 가래로 고생했다. 내 추측이 어쩌면 맞을지도 모른다. 어떤 항생제로도 죽지 않는 그 미생물체는 몇십 년간 반복된 항생제 투여 집단군에서 강력한 항생제 내성균으로 살아남았거나 아니면 대한민국 논산시 연무읍 태생의 Nonsan-Virus가 분명하다. 역학조사가 절실하다.

- 인터넷 편지의 즐거움

훈련소가 힘든 건 단절에서 기인한다. 외부의 소식을 알 수도 내 소식을 보내 줄 수도 없다. 『성경』에 이런 구절이 있다. "물을 찍어 내 혀를 서늘하게 하소서." 지옥 불에 떨어진 죄인이

신에게 물 한 방울만 떨어뜨려 달라고 읍소하는 장면이다. 내게 도 신이 있다면 여자 친구의 소식을 알려달라 하고 싶었다. 다행히 나는 2주 만에 여자 친구 소식을 들을 수 있었다. 그녀는 매일같이 본인의 이야기와 함께 사랑한다는 편지를 보내주었다. 오늘은 수간호사가 덜 괴롭히더라. 예전에 같이 수술방에서 키득대던 순간이 그립더라는 내용이었다. 매일같이 보내주는 편지 덕분에 반복되는 훈련도 견딜 만했지만 떨어져 있는 거리만큼 그리움의 깊이도 깊어졌다. 우리는 형태가 달라졌지만 2월의 펜팔 관계로 잠시 회귀했다.

내 편지는 그녀의 인터넷 편지가 7개쯤 쌓였을 때 비로소 도착했지만 그사이 용케 여자 친구는 나의 마음을 알아채고 관련 답변을 써서 보내주었다. 그 편지가 없었다면 훈련소 생활이 정말 힘들었을 것 같다.

퇴소 날이 되었다. 무사히 훈련을 마치고 사회로 나가는 시간이다. 멀리서 부모님도 오셨다. 분대원들의 아내와 여자 친구들도 왔다. 내심 기대는 했지만 그녀가 올 수 없음을 누구보다 잘 알고 있었다. 아니었다. 나는 쥐뿔도 몰랐다. 그녀는 내 퇴소 날을 위해 4월의 스케줄을 조정했다. 하루라도 쉬고 싶었을 텐데 그날들을 다른 사람에게 양보하며 내 퇴소 날만을 사수하고 있었다. 나는 나대로 그녀는 그녀대로 전투 중이었다.

모든 행사가 끝나고 부모님 앞으로 다가간다. 아까부터 모든 분대원들의 시선을 집중시킨 하얀 원피스의 여성을 나도 슬쩍 보았다. 흰 원피스가 눈에 띄어서 쳐다본 거지 절대 마음이 있어서 본 것이 아니었다. 왜냐하면 나는 시력이 안 좋기 때문이다. 부모님이 고생했다며 나를 안으신다. 흰 원피스를 입은 여성이 다가오고 있었다.

"오빠."

흰 원피스의 그녀가 나에게 인사할 줄은 몰랐다. 여자 친구였다. 그녀는 부모님이 오실 줄 몰랐는지 잠시 당황하더니 이내 스스로를 소개했다. 가슴이 뛰었다. 천사 같은 여자 친구가 차디찬 스탠드에 몇 시간을 앉아 날 기다렸을 생각을 하니 마음이 아팠다. 남자답게 껴안고 토닥토닥 두드려주고 싶었지만 그렇게 되면 부모님과의 포옹이 얼마나 무미건조했는지 드러나고 말 것이다. 그녀를 안고 온기를 느끼고 싶었지만 꾹 참았다. 우리는 그렇게 만났고 다 못 한 이야기꽃을 밤새 피웠다.

그날의 여자 친구는 다시 생각해도 가슴이 떨릴 만큼 너무나
도 예뻤다.

8
무의촌 섬 의사가 되었다

- 공중보건의 배치 과정

훈련소를 나오면 우리는 훈련생 수료 신분으로 보건복지부에 편입된다. 공중보건의는 참 독특한 신분이다. 병역을 행하는 중이니 병역법의 적용을 받으면서 동시에 임기제 공무원으로서 공무원법의 적용도 받는다. 추가적으로 의료인으로서 의료법 적용도 받는다. 가끔 법의 내용이 상충될 때가 있는데 그때가 가장 괴로웠다.

예를 들어 보건소장의 명령에 따라 공중보건의가 황제 출장 예방접종을 해야 할 때, 보건소 산하 직원이라면 보건소장의 명령을 따르는 것이 맞지만 병원을 벗어난 곳에서 진료와 접종 행위를 하는 것은 의료법상 위반이 된다. 이토록 공중보건의들은 취약한 법 테두리 안에서 살얼음판을 걷고 있다.

훈련소를 나오면 일주일간 직무교육을 받는다. 갓 졸업한 일반의부터 보드를 따고 나온 전문의까지 다양하고 이전과는 다른 공공의료에 종사하기 때문에 추가적인 교육도 필요하다. 그러나 우리에겐 더 중요한 순간이 있다. 바로 지역 추첨이다. 지역 추첨은 정말 중요하다. 추첨을 잘못하게 되면 내가 살던 지역과 정반대 되는 곳에서 살 수도 있고 심지어 섬에 떨어져서 본인의 의지와 상관없이 섬 생활을 해야 할 수도 있다.

우리들 사이에서 가장 인기 없는 지역은 전라남도이다. 지도를 보면 알겠지만 전남에는 무수히 많은 섬들이 있다. 그 섬들 모두에는 최소 한 명 이상의 의사가 들어간다. 그래서 전라남도를 지망하는 사람은 모두의 박수를 받는다. 왜냐고? 한 명이라도 낙오될 확률을 줄여주기 때문이다. 실제로 전라남도 TO가 300자리 정도였는데 전라남도를 1순위로 지원한 사람은 딱 한 명 있었다. 그 사람은 이 세상에서 가장 뜨거운 박수를 받았다. 이로써 내가 전남으로 갈 확률은 1/3에서 299/899로 하락하였다.

결과는 직무교육이 끝난 다음 날 아침 10:00에 발표된다. 직무교육이 끝나고 우리는 못다 한 회포를 풀기 위해 동기들과 서울의 모처에서 한잔했다. 나는 마치 목마른 사슴이 시냇물을 찾다 발견해서 벌컥벌컥 마시는 것 같았다. 3차 4차 끝날 줄 모르던 술자리는 5시가 돼서야 끝이 났다. 내가 눈을 떴을 때는 한 모텔방이었고 분대원 동생과 한 침대에서 동침 중이었다. 모텔방을 들어올 때 했던 맹세가 기억났다.

"우리 전라남도는 가지 말자!"
"그래 가지 말자. 우린 아닐 거야."

물을 벌컥벌컥 마시다가 휴대폰에 문자 하나가 와 있는 것을 발견했다. 앞으로 3년간 내가 일하게 될 지역은 이미 정해졌다. 갑자기 눈이 밝아졌다. 술에 의한 탈수에도 혀에서는 침이 과생성 된다. 침을 꿀꺽 삼켰다. 눈을 한번 지그시 감는다. 휴대폰을 열었다. 다행히 지역 발표는 아니었다.

"신규 공중보건의 배치 결과가 인터넷 포털에 게재되었습니다."

포털에 접속한다. 평소엔 잘 써지던 내 주민등록번호가 자꾸 헷갈린다. 조짐이 좋지 않았다. 분명 맞게 썼는데 맞는 주민번호가 아니란다. 나는 여전히 취해있었다. 다시 한번 눈을 감았다 뜨며 꾹꾹 눌렀다. 심장이 뛰기 시작하고 눈이 밝아지기 시작한다. 과연 나는 어디로 가게 될까…?

- 나의 최종 발령지는?

나는 전라북도 도청으로 출발했다. 그렇다. 나는 전라북도로 배치되었다. 1.4:1의 경쟁률을 뚫고 다행히 전라북도에 배정되었다. 전라남도와는 다르게 본인들이 1지망한 곳으로 배정되었기 때문에 표정은 다들 나쁘지 않았다. 또한 전라북도에는 섬이 두 곳밖에 없기 때문에 뒤에서 4등 정도를 뽑지 않는 한 섬으로 갈 확률은 없다고 봐도 된다.

본 적은 없지만 도청으로 가는 길의 서로가 서로를 알아봤다. 까까머리에 논산 날씨의 영향으로 계절에 맞지 않은 옷들을 한결같이 입고 있는 그들. 본인들은 모르겠지만 누가 봐도 훈련소에서 갓 나온 공중보건의들이었다. 그러나 나는 달랐다. 나는 누구보다 대비를 잘했다. 까까머리를 숨기기 위해 MLB 모자도 쓰고 따뜻한 날씨에 화사한 옷도 입었다. 도청의 입구에 도착했다.

"공중보건의 선생님들은 2층으로 가시면 됩니다."
"네?"

묻지도 않은 질문에 답변하는 그분은 내 신분까지 알고 있었다. 그분은 신기가 있는 게 분명했다. 까까머리 70명이 무사히 약속 장소에 도착했다. 지금부터 하는 건 난수표를 뽑고 1번부터 순서대로 전라북도의 지역을 채우는 일이었다. 지금부터가 더 중요했다. 전라북도라 하더라도 섬으로 들어가면 전라남도에 가는 것보다 좋지 않을 수 있다. 이 순간을 위해 나는 지난밤을 새웠다. A4용지에 전라북도 지도를 그려놓고 각각의 지역을 분석했다. 그리고 지역별 예상 TO를 추정하여 예상번호에 우선 지역을 심사숙고하여 결정했다.

문득 본과 1학년 병리학 시험 때가 생각났다. 무엇인지도 모르는 조직의 특징을 보고 답을 맞히기 위해 두꺼운 책을 새벽마다 보며 공부했던 시절. 난 그때보다 더 열심히 공부했고 그래서 그런지 아무리 봐도 모르겠던 지역에 대해 시군구 땅 모양만 봐도 알아맞힐 수 있는 지경에 이르렀다. 그렇다, 난 그때 열심히 공부하지 않았다. 퀭해진 눈을 하고 혹시나 놓치는 게 있을까 싶어 집중하며 한 손으론 밤새워 공부했던 A4를 꽉 움켜쥐고 있었다. 그 A4는 적들에게 들켜선 안 될 나만의 비기였다.

드디어 난수표 추첨이 시작되었다. 총 배정 인원은 67명. 60번까지만 뽑는다면 섬으로 들어갈 일은 없었다. 공정성을 위해 한 명씩 앞으로 나가 번호를 뽑고 그 번호를 모두에게 공개하는 방식이었다. 쭉 뽑는다. 의외로 상위번호가 앞선에서 나오기 시작했다. 그러다가 1번이 등장했다. 우레와 같은 박수가 쏟아졌다. 내 앞에서 60번이 나온다. 얼굴 안쪽에서 미소가 지어진다. 얼굴에는 총 세 겹의 근육이 있고 나는 가장 안쪽 근육을 사용해 아주 효율적으로 웃었다. 이것이 드라마라면 나는 분명 좋은 번호가 나올 것이다. 60번 다음에 뒤 번호가 나오는 건 드라마라도 재미가 없다. 슥슥 섞다가 처음 걸린 걸 집었다가 내려놓았다. 그리고 휘휘 젓다가 두 번째 집힌 걸 들었다. 그리고 공개

했다. 어라? 번호가 뒤집어졌나? 반대로 뒤집는다 어라? 뒤집어졌나? 반대로 뒤집는다… 뇌에 정지가 왔다.

"064번"

시끄럽던 강당 내부가 조용해졌다. 퀭했던 눈이 하얘지더니 이내 내 눈을 피하는 까까머리들이 보였다. 웃진 않는데 내 귓속으로 웃는 소리가 들렸다. 아 그 웃음은 내가 수 초 전 지었던 속웃음이었다. 046번일지도 몰라… 049번일지도 몰라… 했던 내 헛된 희망은 이리 뒤집어도 저리 뒤집어도 064번이었다. 목을 타고 흐르던 식은땀이 식도로 들어가는 듯했다. 나는 괴로운 듯 연거푸 기침을 두 번 하고 쓰라린 가슴을 매만졌다. 식도가 타들어 가는 것 같았다. 밤새워 공부했건만 내가 봐야 할 지역은 무주 부안 군산이면 족했다. 설마 섬에 가겠냐는 생각이 현실로 바뀌었다. 왠지 밤새 생선 생각이 간절하더라니. 3년 내내 생선 포식을 시켜주려고 신이 꿈을 이뤄주신 것 같았다.

현재 35번 선생님 지역 기입 중. '김제'
현재 55번 선생님 지역 기입 중. '진안'
현재 63번 선생님 지역 기입 중. '무주의료원'

더 이상 뭍의 지역이 남지 않았다. 이로써 나는 섬 생활이 확정되었다. 아름다운 섬이 많은 ○○군. 그중에서도 매우 힘들다는 섬으로 가게 되었다.

- J에게 어떻게 말해야 할까?

"J, 나 섬으로 가게 됐어."

"…."

"거짓말하지 말고 다시 말해줘."

"○○ 알지? 나 그곳으로 들어가."

"…."

찰나의 강펀치 충격을 맞아버린 그녀는 할 말을 잃었다. 너무 미안했다. 차라리 여자 친구가 없었다면 섬으로 가는 순간이 행복했을지도 모른다. 대학병원 생활은 지옥이었고 그곳을 탈출하는 것만으로도 행복했을 테니까. 그러나 나는 어느 순간부터 J가 삶의 중심이 되었다. 사랑하는 그녀와 떨어져 지낸다는 것만으로도 힘들었다.

"응, 오빠 힘들었으니까 섬으로 가게 된 것도 어쩌면 행운일지도 몰라. 긍정적으로 생각하자."

그녀는 강펀치에도 클린치로 숨을 고르더니 이내 아무렇지 않은 듯 일어났다. 맞다 그녀는 그 순간에도 본인의 속마음을 숨기고 있었다.

"선생님 배 시간 떨어져요, 빨리 이동합시다."

멍하게 넋을 놔버린 나를 툭툭 치던 공무원. 이내 내 손을 끌어 잡더니 선팅이 진하게 된 엑센트 안으로 나를 밀어 넣었다. 이동하는 내내 속이 메슥거렸지만 답답한 가슴까지 밀어내지 못했다. 메슥거리던 내 속은 항구에 도착하자마자 폭발했고 전날 먹은 술과 안주로 거하게 세계지도를 그렸다. 그렇게 나는 섬으로 들어가기 위해 배를 탔다.

- The Sun is stronger than the Wind

전 여자 친구 P에게 언젠가 연락이 왔다. 물론 나는 단 1프로

의 관심도 없었다. 내가 사랑하는 사람은 J였다. 아름다운 추억
은 때때로 잔인하다. 철옹성 같은 나를 무너뜨리기 위해 그녀는
아름다운 추억을 사용했다. 답장을 하진 않았지만 나는 그녀가
광주로 발령받았다는 소식도 알게 되었다. 나는 마지막으로 그
녀와 단판을 내기 위해서라도 한 번은 봐야겠다고 생각했다. 그
래서 그녀를 보기로 했다.

9
섬 생활

- 섬에서 나의 역할

섬에서 근무가 시작되었다. 섬에선 크게 3가지 업무를 한다.

첫째, 응급진료. 병원이 없는 이 섬에서 죽을 위기에 처하면 내게로 달려온다. 나는 24시간 내내 섬에서 대기하며 응급 환자들의 전화를 기다린다. 그들 대부분은 해경정, 소방정 그리고 닥터헬기에 의해 뭍의 병원으로 후송된다.

둘째, 일반적인 약 처방. 혈압, 당뇨, 고지혈증 약 처방이 주를 이루지만 섬이라 그런지 감기, 관절약 처방도 많았다. 하나밖에 없는 의료 시설이라 다양하진 않아도 대부분의 약을 갖추고 있으며 나는 섬에서 근무하는 동안 아이 받는 것 빼곤 다 해보았다.

셋째, 왕진. 밤이고 낮이고 걷지 못하는 환자들이 생긴다. 섬에는 119가 없어서 그들을 병원까지 후송해 올 수가 없다. 누가시킨 건 아니지만 결국 그 사람에게 가야 하는 건 나였다. 하다 보니 새벽에 출동하는 건 일상이 되었다.

9시부터 시작된 내 첫 진료는 6시가 되어서야 끝이 났다. 첫날, 새로운 으사 선생님이 오셨다는 소식이 노인정에 퍼졌다. 구름처럼 밀려오는 환자들을 보며 정신이 없었지만 하나밖에 없는 의료기관이니 그러려니 했다.

나는 40명이 넘는 환자를 봤다. 지금도 그렇지만 하루에 30여 명이 넘는 사람과 이야기하다 보면 오후에는 목이 잠긴다. 첫날은 열정 때문인지 목이 쉬지도 모르고 즐겁게 진료했다. 6시부터는 야간 당직을 섰다. 나는 임기제 공무원이라 당직비도 받지 못했다. 그야말로 열정 페이였다. 그때는 어디다 하소연

해야 하는지도 몰랐다. 그러나 언제라도 응급환자가 생겨 대처라도 잘못하면 모든 책임은 내가 져야 했다. 차라리 응급환자는 괜찮았다. 아픈 사람에게 절실한 도움을 줄 수 있는 건 스스로도 뿌듯함을 느꼈다. 그러나 이곳은 섬이었고 말도 안 되는 일들이 비일비재했다. 풋풋했던 내 열정이 꺾이는 데는 채 일주일도 걸리지 않았다. 나는 점차 섬이 무서워지기 시작했다.

- 과거의 섬

진료 중 시간이 비거나 진료시간이 끝나면 동네 마실을 다녔다. 진료실 앞으로는 해발 100m 남짓의 산이 있었고 산 앞으로는 여러 작물이 자라는 밭이 있었다. 11월에도 가끔 이곳에는 눈이 내렸는데 해풍의 영향인지 육지보다도 많은 눈이 내렸다. 한 번씩 눈이 내리고 나면 산은 하얗게 바뀌었고 그 산은 멀리서 보는 맛이 있었다. 그러나 육지만큼 제설작업을 하지 않기에 가까이선 볼 수 없었다. 차디찬 눈이 신발에 묻어 결국 내 발에 스며들면 아름답던 설산마저 귀찮게 느껴졌다.

동네 마실 중에는 세월의 흔적을 느낄 수 있는 것들이 많았다. 당구장, 노래방의 위치를 알려주는 이정표. 한 30년 동안은 그 자리에 꽂혀 녹이 슬어버린 이정표. 그 방향으로 가더라도 없을 것이 분명했다. 세월의 흔적이 느껴지던 이정표는 오히려 다른 역할을 했다. 진료실이 어딘지 모르고 헤매던 관광객이 겨우 찾은 노래방 이정표를 통해 진료실 위치를 알려주기도 했다. 본래의 역할은 사라졌지만 그래도 아예 기능이 없는 것은 아니었다. 나는 배를 타고 들어 올 때마다 그 이정표를 지나쳤다.

이렇게 조용한 섬에도 노래방과 당구장이 있었을까 하는 의구심. 지금도 있었으면 얼마나 좋았을까 하는 한편의 아쉬움. 그렇게 사라져 버린 섬의 과거가 궁금해졌다. 가끔 내게 고기를 구워주시던 할머니의 집에 가면 섬의 여러 이야기를 해주시곤 했다. 현재는 1500여 명 남짓 살고 있지만 많이 살 때는 만 명도 넘게 살았다고 한다. 요즘같이 냉동기술이 발달하지 않았을 때는 물고기를 잡고 가까운 곳에서 판매하는 파시가 크게 열리기도 했는데 전국에서 배를 끌고 이곳으로 온 어부들은 섬에 머물며 밥도 먹고 술도 마셨다고 한다.

몇십 년 전 과거는 단지 시간의 때만 묻진 않았다. 그동안 마주쳤을 많은 자연재해 그리고 파도. 지나간 시간보다 더욱 빠르게 과거의 명성은 사라졌고 그 자리는 폐허로 바뀌었다. 그즈음 만들어졌을 당구장과 노래방. 파시로 활황이었을 이곳에서 어쩌면 일상적인 유흥거리였을지 모른다. 신기하게도 몇십 년이 지났지만 더 재밌는 것들이 생겨나도 여전히 당구장과 노래방을 그리워한다는 것은 아이러니하긴 했다. 외부인으로서 섬의 멈춰버린 과거를 발견할 때면 많은 생각에 빠지곤 했다.

- 섬 생활

섬. 사방이 막혀 있다. 이곳에 사는 사람들은 섬에서만 몇십 년을 산 사람들이었다. 그들은 육지의 마을보다 훨씬 똘똘 뭉쳐 있으며 그런 단결력에서 나오는 묘한 섬만의 분위기(카르텔)가 있었다. 섬에서 발생한 문제점들은 쉽사리 밖으로 드러나지 않았다. 나는 많은 문제점들을 두 눈으로 봤지만 그 문제들은 단한 번도 제기되거나 해결되지 않았다. 이곳에 파견된 해경과 경찰들도 섬사람들에겐 외부인일 뿐이었다. 그리고 그들은 조용히 있다 나가길 원했다. 수십 년간 묵힌 섬 안의 문제가 회복되지 않는 이유였다.

섬에서의 문제는 섬 밖으로 나오는 것 자체가 되질 않았다. 만약 내가 섬의 문제를 바깥으로 고발했다고 하자. 그럼 어떻게 될까? 섬에서 내가 생활하는 모든 곳을 운영하는 사람들이 섬사람들이다. 육지에 나가려 해도 섬사람의 도움을 받아야 하고 라면을 하나 사려 해도 섬사람의 도움을 받아야 한다. 이처럼 섬에는 편의시설이 많지 않기 때문에 서로 돕지 않으면 살 수가 없다. 만약 내가 내부고발을 하여 섬의 문제가 드러났다면 그 순간 섬에서의 생활이 불가능해진다. 그들 특유의 텃세 부리기는 육지의 것과 비교할 수가 없었다.

6시부터는 야간 당직이 시작되고 모든 전화가 내 휴대폰으로 걸려온다. 한번은 이장이 자기가 잡은 물고기가 있다며 매운탕을 먹으러 오라고 했다. 처음에는 거절했다. 응급환자를 봐야 할지도 모르기 때문이다. 그러나 이장이 끈질기게 전화를 하는 통에 매운탕만 먹고 오기로 했다. 도착해서 본 광경은 내가 생각했던 것과는 사뭇 달랐다. 이미 여럿의 아재들이 초록병에 취해 횡설수설하고 있었고 내게 전화했던 이장은 으사 선생님 이쪽으로 앉으라며 곧장 소주를 따랐다. 섬사람 술자리에 동원된 것이었다. 당연히 응급환자를 생각해 마실 수 없다고 거절했으나 술 취한 사람들에게 그런 대화가 먹힐 리 없었다. 나는 마

시는 척 바닥에 소주를 버리고 매운탕 몇 순갈을 먹었다. 자연
산이라 그런지 매운탕 맛은 기가 막혔다. 나는 그렇게 잠시 앉
아 있다 조용히 나왔다.

며칠이 지났을까? 다른 이장에게서 전화가 왔다. 선생님 오
늘 회도 있고 고기도 있고 하니 와서 저녁 한 끼 하세요. 며칠 전
상황을 경험한 나는 일언지하 거절하고 가지 않았다. 문제는 거
기서 시작됐다. 거절당한 이장이 다음 날 근무지로 와서 따졌다.

"왜 그 이장 모임엔 가고 나한테는 안 오는 거요? 나 무시하오?"
"무시하는 게 아니라 밤에 응급환자가 생기면 위험하니 갈
수가 없어 가지 않은 것입니다."
"그러니까 나를 대놓고 무시하는 거냐고."
"그것이 아니고 저도 경황이 없어 처음엔 갔지만 이후에는
가지 않기로 했습니다."

그렇다. 이장들 사이에선 언제든 부를 수 있는 으사 선생님
을 두는 것이 하나의 권력이었다. 나는 그런 줄도 모르고 매운
탕에 팔려갔다. 그 이후로 더 이상 전화가 오지 않았지만 나를
섭섭하게 생각하는 이장님들을 달래느라 혼쭐이 났다. 내가 가

서 그들이 즐거워진다면 기꺼이 가겠지만 나는 섬의 유일한 의사였고 사명감을 가져야 했기에 감수해야 하는 상황이었다.

- 나도 환자가 되었다

섬 특성상 뱃사람들이 많았다. 뱃사람의 특징은 거칠다. 같은 말을 해도 무섭다. 나는 그런 사람들이 들어오면 많은 말을 하지 않았다. 그저 그 사람이 해달라는 대로 해줬다. 언제 낫을 들고 와 나를 죽일지 몰랐다. 그냥 하는 말이 아니다. 섬에서 살면서 나는 여러 차례의 살해 위협을 느꼈다. 몸에 피를 묻히고 들어와 드레싱 해달라는 사람. 잘린 손가락을 휴지에 싸서 들고 오는 사람. 술 마시다가 소주병으로 머리를 내리쳐 피가 철철 흐르는 사람. 환자군도 참 살벌했다.

우울증. 내게도 그것이 올 줄 몰랐다. 평소 낙천적인 성격을 가지고 있는 나였지만 이런 상황 속에서 제정신을 차리기 쉽지 않았다. 우울증은 무서웠다. 우울증은 내 얼굴에 가면을 씌웠다. 분명 나는 환하게 웃고 있지만 나를 쳐다보는 사람은 왜 웃지 않느냐고 물었다.

꼽등이를 조절하는 연가시처럼 나는 누군가에게 조종당했다. 내게 오는 위로의 말이 들리지 않도록 귀를 닫았고 배는 항상 밥을 먹은 것처럼 부르게 조종했다. 의사인 나도 그토록 조용히 우울증이 다가오고 있는 줄 알지 못했다. 매일 24시간을 새벽에도 갑작스레 깨고 일을 하다 보니 내 우울증세는 더욱 심해지고 있었다.

- 그녀가 섬으로 왔다

J가 섬에 찾아왔다. 갑작스러운 방문에 너무나 당황했지만 내심 좋았다. 그녀는 못 본 사이에 살이 좀 쪘지만 여전히 예뻤다. 점차 따뜻해지는 날씨에 맞춰 그녀의 옷차림도 가벼워졌다. 우리는 세차게 추운 겨울에 만나 처음으로 봄을 경험하고 있었다. 그녀가 첫 배로 들어온다는 소식에 차를 끌고 항에서 기다렸다.

항에 도착하기 전 뱃고동 소리가 들렸다. 저 큰 배 어딘가에 내 그녀가 앉아 있을 생각에 심장이 뛰기 시작했다. 미처 깎지 못하고 온 수염이 신경 쓰였지만 오늘만큼은 남자처럼 보이고 싶었다. 나는 눈이 좋지 않았다. 잘 안 보인다. 앞에 차 몇 대가 내리더니 이내 섬사람들이 내리기 시작했다. 검은 머리를 가진 사람이 없는 걸로 봐서 아직 여자 친구는 내리지 않은 듯했다. 그리고 중간쯤 행렬에 좋지 않은 시력으로도 단박에 여자 친구가 내린 것을 알 수 있었다. 그녀는 키가 작은 섬사람들 사이에서 도드라졌다. 그녀를 향해 달려갔다. 그리고 안아줬다.

"여기까지 어떻게 온 거야?"
"아 오빠 나 잠시 시간이 생겨서 순천에 내려가다가 오빠 보려고 왔어."
"배고팠지? 우리 밥 먹으러 가자~"

그녀는 한 손에 캐리어와 다른 한 손에 선물을 들고 왔다. 누가 보면 섬에 시집오는 처자처럼 보였겠지만 그녀는 순천에 가려고 왔으니 그 캐리어 안엔 여정의 짐들이 담겨 있었을 것이다.

나는 한 번도 가보지 않았던 횟집에 들어갔다. 아직은 관광철이 아니라 전혀 관리가 되지 않고 있었다. 꿉꿉한 냄새와 언제 닦았을지 모를 테이블 그리고 거친 느낌의 사장님 포스에 당장이라도 나가고 싶어졌다. 매섭게 나를 쳐다보던 사장님의 눈빛에 나는 꼬리를 내리고 주문했다.

"자기 회 먹을까?"
"응! 나 회 좋아해."

그렇다. 우리는 만난 지도 얼마 되지 않아 나는 그녀가 무엇을 좋아하는지도 모르고 있었다. 그저 섬에 왔으니 당연히 회를 먹어야지 하는 생각에 그녀를 생각하지도 않고 횟집에 데려왔던 것이다. 다행이었다. 회는 맛있었다. 그리고 뭍에서 나오는 밑반찬과는 차원이 달랐다. 그녀가 맛있게 먹는 모습에 나도 오랜만에 식욕이 올라왔다. 우리는 그동안 못다 한 이야기를 했다. 내가 그녀를 못 본 지는 훈련소 퇴소 이후 약 한 달 만이었다. 그녀는 서운할 만도 했지만 내게 내색조차 하지 않았다.

허름한 횟집에 앉아 있는 그녀가 순간 이질적으로 느껴졌다. 중천에 떠 있는 햇빛이 그녀의 얼굴에 반사되어 내 눈으로 들어오는데 후광이 비쳤다. 이런 곳에 있을 위인이 아니었다. 어울리지 않는 조합이었다. 나는 곧장 그곳에서 일어나기로 했다.

"12만 원이요."

"네?"

시가의 무서움. 그토록 비쌀 줄은 몰랐다. 섬이라고 물고기가 쌀 것 같지만 이곳은 자연산밖에 없어서 더 비쌌다. 12만 원을 결제했다. 이 모든 감정들은 완벽하게 잘 숨기고 있었다. 12만 원 쓰는 아까움을 그녀에게 들키고 싶지 않았다. 맛있게 먹었어 고마워하며 근데 좀 비싸긴 하다고 맞장구쳐 주는 여자 친구 덕분에 기쁜 마음으로 나올 수 있었다.

캐리어를 끌고 내 방에 도착하긴 했는데 나는 진료를 봐야 해서 내려와야 했다. 그녀와 겨우 뽀뽀 몇 번만 하고 아쉬운 발걸음을 돌렸다. 1시부터 시작된 진료는 3시쯤 소강상태가 됐고 나는 잠시 방에 올라갔다. 그녀는 TV를 보고 있었다. 아참 생각해보니 그녀는 귀여운 원피스를 입고 있었다. 그 시간엔 전혀 재밌는 프로그램이 하지 않았지만 연신 미소를 띠며 재밌게 보고 있었다. 나는 그녀의 옆구리에 등을 맞대고 잠시 가만히 누워있었다. 그녀도 지친 내가 안쓰러웠는지 머리를 쓰다듬어 주었다. 그러나 그런 행복은 수 분이 지나지 않아 와장창 깨져버렸다.

갑자기 발생한 응급환자 때문에 나는 바로 진료실로 내려왔다. 전화통화로도 심각한 상황임을 인지하고 먼저 대학병원에 헬기를 요청했다. 해경의 등에 업혀 온 70대 남성은 의식이 불안정했다. 연신 가슴이 아픈지 오른손으로 가슴을 움켜쥐고 있었다. 차트를 뒤져보니 급성심근경색으로 스텐트 시술을 받은 적이 있었다. 나는 곧바로 EKG(심전도)를 찍었다. 응급으로 구비하고 있던 아스피린과 항응고제를 먹였다. 닥터헬기는 40분 뒤에 도착할 예정이었고 내가 해줄 수 있는 처치라곤 이것이 전부였다.

동네에는 재밌는 뉴스거리가 났다. 사람이 죽어가는데 구경하겠다고 수십 명의 사람들이 이곳으로 몰려왔다.

"죽어?"
"괜찮아?"
"으사 양반 뭐라도 좀 해 보쇼."

정신이 없었다. 참 무례했다. 사람이 아파서 고통받는데 그걸 구경하겠다고 몰려온 사람들. 환자가 안정을 취하긴커녕 시끄러운 사람들 소리에 감정마저 불안해 보였다. 내가 해줄 수 있는 거라곤 안정 상태를 도와주는 것뿐이었다. 경찰을 불러 겨우 그 떼거리들을 몰아내고 환자분에게 말했다.

"괜찮으실 거예요. 헬기 타고 나가면 금방 병원으로 가니까 너무 걱정 마시고 저만 믿으세요."
"으어으어으어"

가슴이 답답한 환자는 그가 할 수 있는 최선의 방법으로 나한테 고맙다고 하는 것 같았다. 환자의 눈에서 눈물이 떨어졌다. 헬기가 오는 소리가 들렸다. 나는 차에 환자를 태우고 헬기가 도착하는 인계점으로 출발했다. 연신 식은땀을 흘리는 환자가 걱정되었다. 가족도 지인도 없이 혼자 괴로워하는 모습을 보니 안타까웠다. 내가 할 수 있는 일은 여기까지였다. 닥터헬기에서 내린 의료진은 내게서 환자를 인도받아 빠르게 날아갔다. 헬기 프로펠러 바람에 눈으로 세차게 모래가 들어왔지만 꿋꿋하게 헬기가 날아가는 모습을 쳐다봤다.

다시 내가 진료실에 도착했을 땐 한 시간 반이 지나 있었다. 그사이 도착해서 기다리고 있는 환자들을 보고 나니 5시가 넘었다. 잠시 정신을 났다가 차렸을 때 여자 친구가 있다는 사실이 생각났다. 바로 올라가서 그녀를 확인했다.

"미안해. 갑자기 응급환자가 생겨서 정신이 없었어."
"괜찮아. 근데 오빠 오늘 못 나갈 것 같아."

아차! 섬에서 뭍으로 나가는 배는 다시 돌아 몇 시간 뒤쯤 항에 들어올 예정이었는데 내가 정신없이 다니는 바람에 배를 놓치고 말았다. 그녀는 그날 순천으로 가야 했다. 너무 당황해서 어찌할 바를 몰랐지만 〈배를 놓친 남녀〉 TV 단막극이 생각났다. 작정하고 섬에 들어온 남자는 배가 끊기기만을 기다렸고 결국은 민박집에서 그녀와 하룻밤을 보내게 되었다. 나는 그러지 않았다. 작정한 적도 없었다. 그녀는 순천으로 돌아가야 했다. 어쩔 수 없었다. 다 응급환자 때문이었다. 적어도 나는 허름한 민박집으로 데려가진 않았다.

우울했던 나날 속 그녀의 등장은 활력소가 되었고 우리는 정말 오랜만에 같이 저녁을 먹을 수 있었다. 그녀는 먹는 모습이 참 예뻤다. 그녀 덕분에 우울의 동굴을 깊숙이 파던 나는 구출될 수 있었다. 고마웠다.

10
추웠던 그날 밤과 긁고 싶은 딱지

- 추웠던 그날 밤

그녀가 섬에 온 5월엔 따뜻한 바람이 불었다. 따뜻함을 기억하는 이유가 그녀 때문만은 아니었다. 섬 주위를 돌 때 보이는 들꽃들과 푸르러지는 들판. 그곳에 섰을 때는 확실히 따뜻한 바람이 불었다. 이름 모를 노랗고 보랏빛의 들꽃이었다. 그 꽃들이 필 때마다 나는 문자로 그녀에게 사진을 보내줬다. 수수한 사진에 웃으며 좋아해 주던 여자 친구의 모습에 나는 점심 동안 밥도 먹지 않고 새로운 꽃을 찾아다녔다.

J와 저녁을 먹고 방으로 돌아왔다. 미처 열지 못한 캐리어와 선물이 방에 놓여있었다. 여전히 당직 근무 중이었기 때문에 그녀에게 편하게 갈아입고 쉬고 있으라는 말을 하고 진료실로 내려왔다. 우리가 들어오는 걸 발견한 간호사 선생님이 내게 웃으며 물었다.

"선생님 여자 친구예요?"
"네 맞습니다."
"아이고 역시 선생님은 이쁜 여자 친구 만날 줄 알았어요."

생각해보니 여자 친구를 누군가에게 보인 적은 처음이었다. 병원 생활 동안 관계를 들키지 않기 위해 노력하다 보니 섬마을 간호사가 제일 먼저 알게 되었다. 나는 이따금 오는 환자들을 봐주고 올라왔다. 여자 친구는 침대의 한쪽에 누워 쉬고 있었다. 편하게 갈아입은 옷이 굉장히 귀여웠다.

5월이었지만 섬의 밤은 추웠다. 내 방은 20여 년 전 지어진 전기 판넬 방이었다. 외풍이 심해서 밤공기가 차가웠다. 여러 번 고쳐달라고 민원을 넣었지만 섬까지 들어올 리 없었다. 그렇게 20여 년 동안 고쳐진 적 없이 왔던 것이었다.

"많이 춥지?"

"응 파도 바람이 좀 센 거 같아."

"내 수면양말 줄까?"

"응!"

다행히 네 족의 수면양말이 있었고 우리는 처음으로 커플룩을 해 봤다. 나란히 앉아 발가락 장난을 쳤다. 아무 말 없이 웃으며 치는 발장난에 시간 가는 줄 몰랐다. 두꺼운 수면양말 속으로 그녀의 앙칼진 엄지발가락이 느껴졌다. 엄지발가락을 제압하려다 이내 혹 하고 안아버렸다. 한 달 만이었다. 그녀의 따스함이 그리웠다. 참 따스한 수면양말이었다.

- 아쉬운 이별

아침이 밝았고 그녀는 첫 배로 나가기로 했다. 내가 나가는 날은 그렇게 결항도 잘되더니 바다가 아주 장판이었다. 연신 아쉬운 눈빛을 보냈고 나는 더 있다 가라고 말하고 싶었지만 말할 수 없었다. 그녀는 한 시간 동안 배를 타고 또 순천까지 2시간 넘게 가야 했다. 섬에 떨어진 남자 친구 때문에 참 고생이었다. 나는 마지막으로 그녀에게 포옹을 해주며 그녀를 보내주기로 했다.

"잘 가."
"추우니까 빨리 들어가요 사랑해."

아쉬움은 끝이 없다. 더 쳐다본다고 아쉬움이 줄어든다면 배가 없어질 때까지 쳐다볼 수도 있을 것 같았다. 그러나 아쉬움은 그녀가 실루엣으로 보일 때까지 커져만 갔다. 문득 전날 모습이 떠올랐다. 그녀의 실루엣만 보고 달려가 그녀를 안아줬던 순간. 너무나 행복했다. 지금 순간이 그때라면 얼마나 좋을까? 하루만 돌릴 수 있다면 돌리고 싶었다. 그러나 뱃머리는 섬이 아닌 바다로 틀었다. 그 큰 배 어딘가에 그녀가 있겠지 하는 마음에 연신 손을 흔들었다.

돌아온 방에서는 그녀의 체취가 느껴졌다. 방에서 나는 달콤한 향이 좋았다. 그녀가 더 보고 싶어졌다. 남겨진 향은 아쉬움을 더 크게 만들었다. 나는 그녀를 정말 사랑하고 있었다. 아쉬움을 뒤로한 채 샤워를 했다. 진료시간이 30분밖에 남지 않았다. 샤워하는 동안 아쉬운 마음을 진정시키기로 했다. 나는 진

료를 시작했고 그녀는 무사히 육지에 도착해 순천으로 향하고 있다고 했다. 오늘만큼은 우울하지 않게 환자를 잘 볼 수 있을 것 같았다. 나는 연신 웃으며 환자들에게 필요한 약을 처방해주고 간호사와도 즐겁게 대화했다.

- 첫 휴가

한 달에 한 번 있는 외출이었다. 나는 한 달에 4일 정도의 휴가를 받고 육지로 나갔다. 그것도 안개가 끼거나 바람이 많이 불면 나갈 수 없었다. 다행히 이날은 나갈 수 있었다. 빨리 나가 맥도날드 햄버거가 먹고 싶었다.

차를 몰고 가장 가까운 맥도날드로 갔다. 먹고 싶은 메뉴가 너무 많아 고를 수 없었다. 모두 샀다.

presc)
Big Mac combo w/ zero coke d/t Dyslipidemia,
chicken wings and soft icecream d/t abdominal discomfort

차에 앉아 햄버거를 베어 먹는데 눈물이 날 뻔했다. 나는 한 달 내내 햇반과 참치 그리고 스팸으로 연명했다. 내가 일했던 섬에는 그 흔한 편의점이나 치킨집도 없었다. 평소에 좋아하지도 않던 햄버거가 어찌 그리 맛있던지. 치킨 윙을 집에 가져가서 먹으려고 했는데 운전하는 동안 모두 먹어버렸다. 아직도 맥도날드만 보면 그때가 생각난다.

- 물방울이 물웅덩이가 되고

첫 휴가를 받고 집으로 가는 중에 광주에서 하루 머물기로 했다. 광주에서 던트 생활 중인 친구를 만나기로 했다. 마침 던트 친구의 당직 없는 날이었고 이종범의 단골 맛집이라는 육전집에 가보기로 했다. 오랜만에 기름진 음식을 먹을 생각에 설렜다. 평일임에도 밤 9시에 퇴근하는 그 친구. 전날 당직까지 해서 30시간 넘게 근무 중이었다. 정말 피곤해 보였다. 오자마자 막걸리를 따라 마셨다.

"크아 맛있다." 참 맛있었다. 고기를 전으로도 먹는구나 하며 연신 입에 집어넣었다. 그리고 우리는 서로의 안부를 물었다.

그 친구는 도망갈 생각을 세 번이나 했지만 와이프를 보고 참았다고 했다. 결혼을 하진 않았지만 그 마음을 이해하는 척하며 위로해줬다.

"나 내일 P 만나."

"응? 어디서?"

"걔 광주로 발령 왔대 너도 볼 겸 겸사겸사 만나보려고."

"괜찮겠냐? 너 그렇게 힘들게 했는데…?"

"괜찮겠지 벌써 1년이나 지났잖아. 얼굴도 못 보고 끝냈으니 이참에 제대로 끝내려고."

그렇다. 나는 전화로 이별 통보를 받았다. 지옥 같은 인턴 생활 동안 큰 트라우마였다. 3년을 넘게 만난 인연이 전화 한 통으로 끝이 났다. 사람의 인연이란 게 길고 질기다지만 어떨 땐 빗방울보다도 못하다고 생각했다. 쏟아져 내리는 빗물에 연신 온몸이 젖지만 한번 내려버린 빗방울은 찾을 수 없다. 땅에 똑하고 떨어지고 흩어지면 끝이다. 찾으려 노력해봐야 물방울은 다른 물방울 사이로 쏙 하고 숨어버려 찾을 수도 없다. 물방울 하나가 작정하기만 한다면 다른 물방울과 합쳐져 새로운 물방울이 되는 건 일도 아니듯이 말이다.

나는 제대로 끝내고 싶었다. 긁고 싶었다. 가려워지는 딱지를 살살 긁었다. 긁으니 시원해졌다. 더 긁었다. 시원해졌다. 피가 나왔다. 생각보다 아프지 않았다. 피가 나오니 시원했다. 나의 트라우마도 같이 지워질 것만 같았다. 오랜만에 P를 볼 생각에 조금 긴장되긴 했다. 조용히 끝내면 모든 게 잘 해결될 것만 같았다. 조그만 물방울쯤이야 하고 방심했다.

11
로제 파스타와 떡볶이

- 로제 파스타와 떡볶이

광주는 첫 방문이었다. 편의점도 없는 곳에서 살다 보니 휘황찬란한 광주 시내가 뉴욕 같았다. 아쉬운 마음에 친구를 3차까지 끌고 갔다. 나쁜 친구는 사귀지 말라 그랬다. 신혼 1년 차 남편을 병원에서 잃어버린 새댁은 한 달에 한 번 있는 오프 날을 남편 친구에게 뺏기고 말았다. 그녀는 그 뒤로 한 달을 더 잃어버렸다. 미안했다. 누구라도 결혼할 땐 섬에서 일하는 친구가 없는지 확인해야 한다.

나는 다음 날 아침 전화 소리에 깼다. 아침 9시부터 부재중 통화가 3개나 있었다. 둘 중 하나일 것이다. 응급환자 전화든지 민원 전화든지. 섬에서는 하루도 밤새 푹 잔 적이 없었다. 응급 전화라면 그나마 다행이지만 새벽 6시부터 문을 언제 여나? 주사는 맞을 수 있나? 보건증 발급에 신분증이 필요하니 마니 하는 민원 전화가 걸려온다. 지자체는 응급환자를 볼모로 의사인 내게 전화 민원 업무까지 맡겼다. 그래도 응급환자가 있을 수 있으니 받을 수밖에 없었다.

　어쨌든 모텔에서 습관처럼 일어나 왜 샀는지 모를 삼각김밥과 사이다로 아침을 먹었다. 누워서 뭉그적거리다 숙취에 또 잠들었다. 갑작스러운 모텔 전화 소리에 깨어나 부랴부랴 옷을 입었다. 오늘은 P를 보기로 했다. 한때는 P가 너무 보고 싶어 인턴 숙소 한편에서 울기도 했다. 동기들은 던트한테 까이고 와서 우나 생각했겠지만 나는 정말 서럽게 울었다. 보러 가고 싶어도 탈출할 수 없었기에 더욱 슬펐다. 그때 심정이라면 몇 번이고 술 취해 전화하거나 집 앞에 찾아가고 싶었지만 병원 지옥은 그런 몹쓸 짓을 자연스레 막아주었다. 덕분인지 P는 내게 1년 만에 연락을 해왔다. 달라진 것이 있다면 더 이상 그녀가 보고 싶지 않다는 것. 그러나 보기로 했던 것은 현재 여자 친구와의 관계를 위해서였다. P가 추억을 들먹이며 밤이고 낮이고 연락해 불안했기 때문이다. 그래서 마지막으로 보기로 했다.

그녀의 직장 근처 카페에 도착했다. 나는 잘 보이고 싶었다. 너 때문에 망가지지 않았고 오히려 잘 살고 있다는 걸 보여주고 싶었다. 섬에서도 여러 할머니가 음식을 가져다주는 덕분에 살도 포동포동하게 쪘다. 할 거라곤 운동밖에 없어서 웨이트를 2시간씩 했다. 당당한 척 이런저런 생각을 반복했다. 두려운 강아지가 먼저 짖는 법이다. 무서운 주인을 만나면 당당함은 저리 가고 주눅이 든다. 나도 그랬다. 당당한 척하려 했으나 그녀를 만나고 무장해제되었다.

"오빠 빨리 왔네."
"응."
"오랜만에 보니까 보기 좋다. 잘 지냈지?"
"그래 너는 광주에서 살 만하니?"
"응 처음에는 힘들었는데 잘 지내고 있어."
"그래 다행이다."

이후로도 의미 없는 대화가 이어졌다. 3년 동안 나눈 정 때문인지 말을 할수록 하고 싶은 말이 생겼다. 그리고 궁금한 게 생겨났다. 왜 헤어지자고 했니? 묻지 말았어야 할 질문이었다.

가려운 딱지를 기어코 긁어서 피를 보고 마는 인간의 본능이었다. 그녀 나름의 이유가 머릿속으로 이해되기 시작했다. 그녀를 위로해 주지 못했던 내가 미안했다. 힘든 인턴 생활이 그녀마저도 힘들게 했었다. 두 마디만 하고 떠나려 했던 내 계획이 틀어지고 말았다. 그때라도 정신 차렸어야 하는데 어느새 웃으며 이야기를 하고 있었다. 처음부터 P와 카페에서 만났던 건 저녁도 먹지 않겠다는 메시지였지만 무장해제된 나는 그녀와 저녁을 먹게 되었다.

우리는 연애 시절 떡볶이를 좋아했다. 그녀는 내가 좋아할 것 같다며 아는 떡볶이집으로 데려갔다. J를 만나고 나서 내 최고의 음식은 로제 파스타였다. 로제 파스타. 그 음식이 가장 맛있는 음식이라며 되뇌었지만 내가 제일 좋아하는 음식은 떡볶이였다. 오랜만에 만난 그녀가 편하진 않았지만 떡볶이를 먹다 보니 예전 생각이 많이 났다. 왜 그랬는지 모르지만 힘들었던 본과 시절 그녀와 함께했던 순간들이 떠올랐다. 그러면 안 되는데. 추억은 그렇게 무서웠다.

오랜만에 맛있는 떡볶이를 먹었다. 깻잎이 들어간 떡볶이는 P와 먹고 처음이었다. 맛있게 먹고 나서 뭔가 당해버렸다는 느낌이 들었다. 그녀는 서서히 내 약점을 공략하고 있었다. 나는 로제 파스타와 떡볶이 중에 지금 단지 떡볶이가 좋았을 뿐이다. 그저 오랜만에 깻잎 떡볶이를 먹어서 좋았을 뿐이었다. 내가 사랑하는 건 J이다. 그건 변함없는 사실이니까.

12
섬 진상 환자의 기억

- 진상 환자 1

섬으로 다시 들어왔다. 다른 날과 다름없이 근무 중이었다. 섬사람들은 육지 사람들보다 자격지심이 강하다. 섬사람들은 고립되어 있다. 밖에선 쉽게 할 수 있는 행동도 섬에선 특별하다. 하고 싶은 걸 제때 하지 못하는 고립이 그들에게 자격지심을 준다. 섬사람들을 위해 파견된 외부인들도 그들에겐 육지 사람일 뿐이었다. 그들은 철저하게 그들만의 한을 표출했다. 덕분에 상처도 많이 받았다.

한 할머니가 들어왔다. 자세히 보니 전날 본 환자였다. 무슨 일인가 하여 "오늘 또 오셨네요."라고 말을 붙이는 순간 오른손에 있던 약봉지가 내 얼굴로 날아왔다. "아파 죽겠는데 왜 약을 하루치밖에 주지 않는 거야?"

갑작스러운 습격(?)에 당황하여 자리를 박차고 일어났다. 세수를 하고 와도 할머니는 씩씩대고 있었다. 직원들은 할머니를 안정시키고 있었고 바닥에는 약봉지가 나뒹굴고 있었다. 내 자존감은 바닥까지 떨어지고 있었다. 할머니가 대상포진인 것 같아 당일 육지 병원 진료를 본다 하여 충분히 3일 치 처방을 했는데 병원이 당일 휴무여서 못 나갔다는 것이었다. 육지 병원에서 중복처방이 되면 환자 부담금이 커지기 때문에 그걸 고려하여 긴 기간 처방을 하지 않았다. 그럼에도 아파서 미치겠는데 왜 조금밖에 안 주냐며 화를 벅벅 내고 있었다.

공무원들은 내게 사과하라고 했다. 나는 무엇을 사과해야 할지 몰랐다. 도리어 환자를 생각한 내가 사과를 받아야 할 판이었다. 그들은 민원 만들기를 싫어하니 지속적으로 사과를 요구했다. 사과했다. 내 자존감은 저 밖 바다까지 흘러갔다.

- 진상 환자 2

바로 이틀 뒤였다. 섬에는 쓸데없이 주사 처방을 원하는 사람이 많았다. 진통제일 뿐인데 마치 영양제처럼 맞으러 오는 사람, 면사무소 온 김에 맞으러 오는 사람. 별의별 사람이 많았다. 그런 사람들에게 진통주사를 주는 건 위해를 가하는 짓이었지만 전임자들은 민원을 걱정해 아무렇지 않은 듯 주고 있었다. 나는 달랐다. 의학적 판단이 서지 않으면 주지 않기로 했다.

어머니를 모셔온 아들. 어머니가 요즘 힘이 없으니 주사 한 대만 놔달라고 했다. 어디 아프시냐고 묻자 아픈 곳은 없고 밥맛이 없고 힘이 빠진다고 했다. 이곳에선 검사 장비가 없으니 육지 병원에 내원하는 게 어떻겠냐고 말씀드렸다.

"전처럼 똑같이 주사 주세요. 주사 맞으면 괜찮아져요."
"제가 처방을 하려면 병명이 있어야 하고 그에 상응하는 증상이 필요한데, 환자분은 주사 처방할 만한 어떤 근거도 갖고 있지 않으십니다."
"어머니 몸은 제가 잘 압니다. 주사나 한 대 주세요."
"더 이상 드릴 수 없습니다. 죄송합니다."

그 보호자는 어머니를 병원에 데려갈 생각도 하지 않고 끊임없이 진료실로 와서 나를 괴롭혔다. 그들이 내게 복수하는 방법은 간단했다. 밤늦게 전화를 걸어 나를 깨우거나 예전처럼 어머니를 모시고 와 진료실을 쑥대밭으로 만들어놓고 가는 것들이었다. 그날 밤 담당 주무관에게 전화가 왔다.

"선생님 잘 지내시죠?"

"제가 말하는 게 월권처럼 들리시겠지만 양해를 구하고 말씀드릴게요. 주사 놔달라는 사람들 있으면 웬만하면 놔주시면 안 될까요? 민원 들어오면 서로 피곤해지니까요."

나는 안 된다는 말을 하고 전화를 끊었다. 그 사람은 본인 민원 때문에 환자에게 위해를 가해달라고 부탁하고 있었다. 심지어 간호직 공무원이라는 사람이 그랬다. 아프다는 사람은 부탁하지 않아도 집까지 찾아가서 주사를 놔주고 오는 나였다. 약을 처방하고 주사를 놓는 것이 자판기 음료수처럼 인식되는 것이 싫었다. 의사가 처방하는 약에는 책임이 부여된다. 의학적 책임을 져야 하는 일엔 의학적 판단만이 필요하다고 생각한다. 그 생각은 아직도 여전하다.

한 주 동안 진상 환자 두 명을 만나면서 이런 생각을 했다. 몇십 년간 환자를 봐온 선배 의사들이 왜 불친절함으로 사람들에게 지적받고 있는가? 나도 이 문제에 대해 고민 안 해본 것도 아니고 나는 불친절한 의사가 되지 않을 수 있다고 항상 생각했지만 그렇게 바뀔 수밖에 없었겠단 생각도 들었다.

그러나 이것도 일반화의 오류일 뿐이다. 의사는 어쩔 수 없이 마음과 몸이 아픈 사람들을 평생 봐야 한다. 그들이 내 기분을 나쁘게 했다고 해서 다른 환자에게까지 그렇게 해서는 안 된다. 의과대학을 입학하면서부터 아픈 사람에게 연민의 감정을 가져야 하는 것은 당연한 의무이기 때문이다.

의사가 되는 순간부터 잊지 않고 기억하는 것이 있다. 친절한 의사가 되자. 아무리 나를 힘들게 하는 환자에게도 끝까지 웃으며 조언한다. 따스한 햇살에 눈이 녹듯 그들의 무거운 태도도 내 미소 앞에서 가벼워질 것이라 믿는다. 그것이 사명감이고 의학을 통해 돈을 버는 직업인으로서의 프로페셔널리즘이라고 생각한다.

13
하나뿐인 의사로서의 사명감

- 아름다웠던 기억

이곳에도 여름이 오고 있었다. 바다로 둘러싸인 이곳은 육지보다 따뜻함은 늦게 차가움은 빠르게 왔다. 여름이 온다고 느낀 건 어느 주말 산책 때였다. 주말엔 혼자 근무하는 날이 많았다. 온종일 환자가 오는 건 아니었기 때문에 종종 해안길을 산책했다.

사람의 때가 타지 않은 곳이라 자연경관은 육지의 그것과 비교 불가였다. 수십 미터의 기암절벽을 쳐다보기만 해도 아찔해졌다. 정자에 가만히 앉아 불어오는 바람을 먹었다. 차가운 바람은 혀를 무겁게 짓눌렀다. 그날의 바람은 달랐다. 바람의 속도는 빨라졌지만 바람에서 무게가 느껴지지 않았다. 스치기만 해도 기분 좋은 따뜻한 바람이었다. 그 바람을 따라 파도들도 천천히 섬 쪽으로 밀려왔다. 몇천 년간 파도의 힘에 맞서 싸워온 기암절벽. 그 장엄함은 그냥 만들어진 것이 아니었다. 내 눈에는 멋진 자연경관으로 보이지만 과거 무수한 시간 동안 살점이 떨어져 나가고 물이 줄줄 새는 아픔을 겪었으리라. 나 또한 현재의 고통으로 괴로워하고 있지만 미래의 어느 시점에 피가 되고 살이 되길 기원했다.

따뜻한 바람에 얇디얇은 들꽃들이 흔들리고 있었다. 새로운 꽃이 나타나면 사진을 찍어 J에게 보내주는 게 낙이었다. 길을 걷다 보지 못한 색감이 나타나면 쳐다보는 버릇이 생겼다. 나는 간절하게 따뜻함을 원하고 있었다. 꽃이 피는 만큼 내게도 따뜻한 계절이 올 것이며 더 나은 시간들이 올 것만 같았다. 산책 동안 듣는 노래들이 있었다. 특히 해안가를 거닐 때 듣기 좋은 노래였다. 진료를 보다가도 해변의 냄새와 노래가 생각났다. 일어나 달려가고 싶어질 때도 많았다. 나는 그렇게 무의식적으로 탈출구를 만들고 있었다.

노래는 4차원적 힘을 가지고 있다. 분명 귀로만 들었을 뿐인데 노래를 들으면 그때의 거닐음과 광경이 떠올랐다. 그리고 바다 내음도 느껴졌다. 그 섬이 종종 그리워질 때가 있는데 그럴 때마다 나는 그 노래들을 듣곤 했다. 아름다운 음악과 해변 그리고 따스한 바람은 섬 생활 동안 안식처가 되어주었다. 아무도 없는 넓은 해변가를 혼자 걷고 혼자 바라보고 또 그 긴 거리를 걸어 나갈 때 너무나 행복했다. 나는 그 순간이 훼손되지 않게 눈을 감으며 조용히 기억했다. 그때의 과정 때문인지 아직도 낙조 순간의 해안가 모습을 잊지 못한다. 가만히 정자에 앉아 그 모습을 바라볼 땐 눈물이 날 것 같았다. 자연에 대한 경이로움이자 섬에서의 울분이 치유되는 과정이었다.

해가 지고 어둠이 내려오면 곧장 내 방으로 달려와 저녁을 준비했다. 나의 주말은 항상 이러했다.

- 소중했던 인연

섬에는 젊은 사람이 많지 않았다. 같이 일하는 간호사들은 50~60대였는데 섬 내에서도 젊은 순위로 상위권이었다. 섬에는 육지 다양한 분야의 사람들이 파견을 온다. 섬에도 전기와 물을 쓰고 가게도 운영되고 학교도 있고 병원도 있다. 섬에 상주하는 젊은 사람들은 섬사람들을 위해 일하러 온 것이었다. 종종 또래의 사람들을 만나면 반가웠다. 학교에도 젊은 의사 선생님이 파견 왔다는 소문이 났는지 언제 한번 우르르 몰려온 적이 있었다.

여자 선생 한 분이 감기가 심해 왔는데 대여섯 명 되는 동료 선생들이 삼디다스를 똑같이 신고 밖에서 수군대고 있었다. 일단 섬에서 또래를 만나니 반가웠다. 진료 이외에 나는 사람들과 이야기할 일이 거의 없었다. J와의 통화를 제외하면 거의 없었는데 젊은 사람들이 오면 먼저 반가워서 이런저런 얘기를 하곤 했다. 이후로도 그 무리는 한 명씩 돌아가며 아프다며 보건소에 놀러 왔다. 아프다는 환자를 무시할 순 없다. 성심껏 진료를 봐줬다. 나도 그 무리가 오면 반가워서 많은 말을 했다.

내가 진료실에서 아끼던 홍차 티백을 그들에게 내려놓으면 작정이라도 한 듯 대기 좌석에 풀썩 주저앉았다. 대여섯 명이 비슷한 삼디다스 슬리퍼를 신고 꼼지락대는 모습이 귀여웠다. 대부분 교직 첫해를 섬에서 보내는 그들이었다. 여자 선생님들은 대부분 당직을 서지 않고 육지로 돌아갔지만 남자 선생님들은 나처럼 남아 당직 근무를 섰다. 종종 맥주 마실 일이 있으면 학교 선생님들에게 연락해서 마셨다. 다행히 모두가 좋은 사람들이었고 섬 생활 동안 소소한 행복이 되었다. 나도 그들에게 많은 도움을 주려 노력했다. 수업 도중 아픈 아이가 생기면 바로 달려가서 도와주거나 체육대회 전날 사비로 응급키트를 만들어서 선물해주곤 했다.

언제는 여자 선생 두 명이 배가 아파서 들어왔다. 많은 환자들을 보다 보면 기다리는 모습만 봐도 대충 꾀병인지 아닌지 느껴진다. 이들은 꾀병 환자가 분명했다. 분명하더라도 그 모습을 들키지 않는 것이 중요하다. 의사를 보러 가는 것이 얼마나 힘든 것인지 나 스스로가 잘 알기 때문이다. 의사인 나도 종종 다른 의사를 찾을 때면 긴장이 되고 주눅이 든다. 하물며 일반인들은 더하지 않겠는가.

약을 받기 전 대기석에 앉아 이리저리 쳐다보며 눈 굴러가는 소리가 진료실까지 들렸다. 그들에게 필요한 건 약보다 나와의 말이었다. 궁금하고 신기해서 말해보고 싶어서 왔겠지 싶었다. 시답잖은 질문을 해도 웃으며 대답을 한다. 어색한 이야기가 끊어지지 않게 적당히 다음 대화가 이어질 수 있도록 노력한다. 이미 알고 있는 내용도 모르는 척 받아준다. 이것도 의사로서 질병을 예방하는 과정이었다. 그들이 그렇게 돌아갔다면 아쉬운 마음에 연신 이불킥을 했을 것이고 그러다 무릎이라도 다치거나 발목 염좌라도 당하면 아이들은 어떻게 가르치겠는가? 그들은 튼튼한 발목을 가지고 한 주에 한 번씩 내 진료소를 찾아왔다. "의사 선생님이 주시는 홍차가 맛있다.", "간호사님이 주시는 수박이 맛있다." 이런 핑계들을 댔지만 그들도 나처럼 외로움의 아픔이 있다는 걸 알고 있었다. 참 귀엽고도 이쁜 교사 선생님들이었다.

- 다양한 인연들

관광철이 되고 많은 관광객들이 섬을 찾았다. 내 환자의 20% 정도가 외부인으로 채워졌다. 새벽, 밤을 막론하고 응급환자들이 생겨났다. 그들에게 유일한 의사라는 사명감으로 일했다. 할 수밖에 없는 일을 받아들이지 못하면 나만 우울증에 걸렸겠지만 몇 달 동안의 근무를 통해 나 스스로 살아가야 할 방향도 터득했다.

한밤중에 진료실 유리창을 사정없이 내리치는 사람들의 얼굴을 본 적이 있는가? 그들의 얼굴을 본 적 있다면 없던 사명감도 생겨날 것이다. 무서울 때도 있었다. 새벽 3시 유리창 두드리는 소리에 불 하나 없는 건물 아래로 내려가 천천히 랜턴을 비추면 환자인지 범죄자 인지도 모를 사람이 떡하니 서 있다. 섬은 9시만 되면 암흑천지가 된다. 그 속에 혼자 일어나 그들을 상대해야 했던 무수한 날들. 한편으론 '오죽했으면 그 무서운 길을 뚫고 나에게 달려왔을까?'란 생각도 했다. 그런 연민의 감정을 느껴야 평생을 의사로 살 수 있다 생각했다.

위험한 적도 많았다. 새벽 3~4시에 술에 취해 달려와서 왜 빨리 내려오지 않냐고 나를 죽이겠다고 했던 사람. 치고받고 싸우다 소주병 하나씩 머리에 박고 피 철철 흘리며 들어왔던 두 사람. 그중 한 명을 먼저 해경보트로 보내니 나머지 한 명이 왜 본인을 먼저 보내지 않냐고 무시한다며 내 멱살을 잡았다. 섬에는 나를 죽이겠다고 하는 사람이 많았다. 나는 당신들이 죽어가는 걸 살리러 온 사람인데. 그 사람들을 상대하며 밤에 편하게 발 뻗고 자본 적이 없었다. 혹시나 응급환자를 놓칠까 내 벨소리는 가장 크고 쩌렁쩌렁한 것으로 설정해놓았고 쉬는 날에도 그 벨소리가 들리는 날엔 심장이 벌렁거렸다.

홍미로웠던 기억도 있다. 관광용 오토바이를 나눠 타고 온 여자 두 명이 진료실로 들어왔다. 주소지가 서울로 뜨는 그들. 한 친구의 친척 집에 놀러 온 친구들이었고 두통이 심하다고 했다. 궁금했다. 여기 와서 무엇을 했고 재밌었는지. 다른 아픈 곳은 없는지 샅샅이 찾아주고 싶었다. 그들도 참 이상하게 생각했을 것이다. 약이나 주고 나가라 하면 될 것이지 쓸데없이 친절한 의사인 건지. 그 순간은 굉장히 친절한 의사가 되고 싶었다. 그리고 나는 저녁거리를 사기 위해 농협마트에 갔는데 그곳에서 그 친구들을 다시 만났다. 오늘 저녁도 결국은 나 혼자서 먹어야 했다. 주말은 항상 혼자였고 외로웠다. 괜히 그들과 얘기라도 하면 즐거울 것 같았다. 용기를 냈다.

용기를 낸 건 다름 아닌 맥주캔 때문이었다. 그들은 맥주캔을 들고 있었고 그걸 보자마자 재빠르게 맥주 6캔들이를 들고 나왔다. 그들도 섬에 혼자 있는 젊은 남자 의사 선생님이 궁금했을 것이다. 같이 맥주라도 한잔하자고 하니 흔쾌히 마시자고 했다.

해변가의 가장 아름다운 곳으로 그들을 데리고 가 맥주를 마셨다. 순간의 부끄러움은 커다란 선물을 준다. 용기를 내준 내

입과 그리고 재빠르게 맥주를 집어와 준 손목 발목에게 고마웠다. 6캔이나 산 이유? 나는 맥주를 잘 마셨다. 그 맥주를 다 마실 때까진 그들이랑 이야기를 할 수 있을 테니까…. 맑은 바다 공기에 취하지도 않았다. 그렇게 몇 시간을 외지에서 온 관광객들과 재밌게 이야기했다.

- 그녀의 퇴사

그녀는 여전히 대학병원에서 힘든 과정을 겪고 있었다. 괴롭히던 수간호사의 정도도 최근 더 심해져 생리불순까지 겪고 있었다. 눈이 뒤집히고 화가 났지만 멀리 떨어진 섬돌이가 해줄 수 있는 건 없었다. 밤마다 걸려오는 한탄 전화를 잘 들어주고 위로해주는 것뿐이었다.

그러던 어느 날 그녀에게서 퇴사 이야기가 나왔다. 퇴사를 고민할 정도로 극심한 스트레스를 겪고 있었다. 나 또한 그녀가 고통받는 건 보고 싶지 않았다. 그녀의 선택을 존중해주기로 했다. 그녀는 2년 만에 대학병원을 나왔다. 내가 대학병원을 떠나던 순간이 생각났다. 소심한 복수로 가운을 대학병원에 던져놓고 나오던 날. 지질하게 스스로는 이겼다고 생각했다. 그녀 또한 소소한 승리감을 느끼길 바랐다. 그녀의 집은 순천이었고 곧바로 모든 짐을 정리해 고향으로 내려갔다. 이삿짐 하나 같이 챙겨주지 못한 못난 남자 친구였지만 그녀는 나와 가까워진다며 좋아했다. 그렇다 그녀와의 거리가 가까워진 것이다.

"섬으로 들어가서 며칠씩 있다가 올까?"라는 농담이 현실이 될지도 모를 일이었다. 기쁘기도 했지만 한편으로 걱정도 됐다. 나는 아직 마무리 짓지 못한 P와의 문제가 있었다. 그녀와 더 이상 연락하고 싶지 않았지만 그녀는 집요하게 연락을 해왔다. 단답식의 대답에도 꾸준히 연락해오는 그녀에 당황했다.

J는 오랜만에 여유와 행복을 찾았다. 근심 가득했던 얼굴이 어느새 예쁜 얼굴로 바뀌어 있었다. 수술방에서 슬쩍슬쩍 보이던 그때의 모습이었다. 처음 만나던 날 멀리서 또각또각 구두 소리를 내며 걸어오던 그녀의 모습이었다. 그녀와 몇 달 넘게 만났지만 처음의 설렘이 아직도 가득했다. 많이 사랑했다. 그러나 사랑했다면 단호해야 했다.

그녀는 내 휴가 기간 외국 여행을 같이 가자고 말했다. 나도 그녀와의 여행이 기대됐다. 세계지도를 펼쳐놓고 가고 싶은 곳들을 적기 시작했다.

　프랑스 파리. 낭만적인 도시 파리로 그녀와 여행을 떠나게 된다.

14
섬 탈출기

- 그녀의 과거를 묻지 마세요

그녀가 퇴사했다. 그녀에게 2년간의 병원 생활이 어떠했냐
고 묻자 눈물의 연속이었다고 말했다. 외유내강의 그녀는 그토
록 본인의 가슴팍을 치면서 버텨왔다. 대학병원에 있을 때도 그
녀는 나를 보고 웃고 있었지만 웃음 가면 뒤로 항상 슬픔이 보
였다. 슬픔을 감추려고 힘들게 웃는 모습이 안쓰러웠다. 그랬
기에 이제라도 웃음을 찾은 그녀가 보기 좋았다.

사실 그녀에 대해 설명하지 않은 것이 있다. 대개 간호대를

졸업하고 대학병원에 취직하면 23~25세쯤이다. 그녀는 동기들에 비해 2년 정도 늦게 입학했다. 그녀는 고등학생 시절 발레리나를 꿈꾸던 미래의 무용수였다. 그 꿈을 이루기 위해 국내의 무용학과를 진학하는 대신 프랑스 파리로 유학을 떠났다. 파리 유수의 무용학교에 입학하기 위해 1년간 미친 듯이 훈련하고 오디션을 봤다. 동양인을 무시하는 분위기와 낯선 공간 속에서 그녀는 살아남기 위해 발버둥 쳤다. 감사하게도 한 학교에 합격하여 입학을 앞두고 있었다.

그러나 무리했던 걸까? 그녀는 발목 부상을 당하게 된다(발목 외측 측부인대 손상 및 골절). 그녀가 흘렸던 땀과 눈물이 한순간에 물거품이 되었다. 그녀는 걸을 수조차 없었지만 아파할 수도 없었다. 결국 1년간의 프랑스 유학 생활을 정리하고 국내로 복귀했고, 더 이상 무용수의 길을 가지 않기로 했다.

몇 달간 방황했지만 이내 그녀는 마음을 고쳐 잡았다. 그리고 그때 생각한 길이 간호사로서의 길이었다. 간호사가 되기로 마음먹은 첫 이유는 간단했다. 운동만 한 사람이 다른 전공을 선택했을 때 그나마 입학하기가 쉬울 것 같다고 생각했단다. 맞다. 처음부터 누구나 원대한 꿈을 가지고 시작하는 건 아니다. 나 같으면 좀 더 부풀려서 얘기했을 텐데 담백하게 말하는 그녀에게 더 연민을 느꼈다. 그런 이유로 그녀는 남들보다 늦게 간호사가 되었다. 그러나 그녀는 누구보다 성실히 그리고 악바리처럼 일했다. 발레 꿈나무 시절 매일 체중과 몸 관리로 스스로와의 싸움에 익숙했던 덕분인지 겉으로는 잘 적응하는 것 같았다.

그러나 그녀가 눈물의 연속이었다고 말하는 순간 마음이 무너졌다. 그동안 힘이 돼 주지 못해 미안했다. 그녀는 나보다 어렸지만 때때로 어른스러웠다. 펜대 잡고 책상에서 공부만 하던 나와 다르게 스스로 미래를 위해 노력한 과거 덕분인지 훨씬 늠름했고 용감했다. 나는 그런 훈장 같은 모습에 속아 그녀의 속 사정을 알지 못했다. 연신 미안하다고 말했고 그녀는 연신 웃으며 오빠가 귀엽다며 나를 놀려댔다. 그녀는 속상한 이야기를 하는 도중에도 계속 웃고 있었다. 그녀의 웃음만이 아직 기억나는 이유이다.

- 파리로 가게 된 이유

프랑스 파리. 그녀에게 어쩌면 지옥 같았을 그곳. 그러나 흔 쾌히 가고 싶다고 했고 떠나게 되었다. 나는 여태껏 가장 멀리 가본 곳이 중국 베이징이었다. 유럽 하면 가장 먼저 떠오르는 프랑스 파리. 그 단순한 이유로 파리에 가자고 했고 나는 덕분 에 그녀의 과거에 대해서도 알게 되었다. 그녀가 파리에서 해 보고 싶은 게 있다고 했다. 파리에 있을 시절엔 훈련에 바빠 정 작 여행을 한 적이 없단다. 그래서 예쁜 카페도 가보고 싶고 라 뒤레 마카롱도 먹어보고 싶다고 했다. 체중 관리 때문에 훈련장 주위 라뒤레를 그저 지나쳐만 다녔다는 그녀. 내가 라뒤레에 간 다면 가게에 있는 모든 마카롱을 사주고 말겠다 다짐했다.

- 오늘은 배가 뜨나요? 내일은 배가 뜨나요? 모레는요?

우리의 여행 기간은 토요일부터 차주 목요일까지였다. 그동 안의 진료는 육지의 보건지소 소장들이 섬으로 들어오기로 했 다. 그들에게 살짝 미안했지만 그들에게도 아름다운 섬의 모습 을 꼭 보여주고 싶었다. 내가 있던 섬은 꽃들이 예뻤고 파도치는 소리도 좋았다. 육지에서 편하게 생활하던 그들에게 이런 공중보건의도 있다는 사실은 꽤 충격이었을 것이다.

섬에서 살면 항상 보는 것이 있다. 바로 바다 날씨 사이트이다. 5일~7일 후 파도 높이와 바람세기를 알 수 있는데 파고가 2.0m 이상 되거나 바람이 초속 10m 이상으로 불면 배가 뜨지 않을 가능성이 컸다. 육지에서 파견 온 외지인들은 매일 조마조마하는 마음으로 사이트를 봤다. 아예 태풍이 오거나 기준 이상의 날씨가 예상되면 그나마 낫다. 포기하고 날짜를 바꾸면 되니까.

그러나 토요일 오전의 예상 파고는 2.0m, 바람도 목요일부터 강해질 예정이었다. 만약 배가 뜨지 않는다면 비행기는 못 탈 테고 대체 의사도 들어오지 못하니 꼼짝없이 일을 해야 한다. 기도했다. 제발 바람이 잦아들게 해 달라고. 그녀와의 첫 여행인데 이렇게 망칠 순 없었다. 바람이 많이 불어도 선장님이 배를 띄워주길 바랐다.

토요일 아침이 되었다. 역시나였다. 파도는 내가 보기에도 높았고 바람도 세게 불고 있었으며 먹구름이 가득했다. 어떻게 해야 할까? 소변이 찔끔 나올 것 같았다. 그녀에게 어떻게 이야기해야 할지 그리고 여행은 어떻게 해야 할지 고민이었다. 발을 동동 구르며 고민할 틈도 없이 환자를 봤다. 육지로 나가지 못하자 섬사람들은 참 많이도 진료실에 왔다. 내 마음은 아는지 모르는지 속 타는 의사 선생 앞에서 실없는 농담들을 했다. 최선을 다해 환자들을 보고 난 뒤 속 타는 마음에 얼음물을 벌컥 마셨다. 진정될 리 없었다. 그나마 제대로 돌아가던 머리도 갑작스러운 냉수에 아파지기 시작했다.

그때쯤이었다. 내가 걱정됐는지 간호사로부터 전화가 왔다. "선생님, 지금 조업 나가는 배가 있대유. 그 선장님께 부탁드려 보는 건 어떤가유?" 망치로 머리를 맞은 것 같았다. 솔직히 못 나갈 줄 알았는데 왜 사선을 이용할 생각을 안 했었던 건지. 맞다. 여객선의 경우 기상조건이 안 맞으면 칼같이 뜨지 않지만 사선들은 종종 뜨기도 했다. 기상특보가 내려지지 않는 한 법적으로 문제 되진 않는다. 전화를 해 보니 마침 진료실에 종종 오는 선장님이었다. 하늘이 도왔다. 육지까지 데려다주실 수 있냐고 물으니 처음에는 안 된다고 하는 것이 아닌가. 고기를 잡으려면 남쪽으로 내려가야 하는데 육지로 가려면 반대 방향으로 가야 하니 당연했다. 그래도 어떻게 안 되겠냐고 사정사정을 하자 40만 원을 주면 데려다주겠다고 했다.

하아. 40만 원이라니. 살짝 큰 액수에 흔들렸다. 더 깎아주시는 건 안 되겠죠 하고 묻자마자 무시당했다. 섬사람 중에 의사 선상님과 가장 친한 사람이 될 수 있는 기회였는데 알았다고 말씀드리고 약속 장소로 갔다. 캐리어를 힘들게 끌며 선착장까지 가자 선장님이 있었다. 아마도 오늘 조업은 포기한 것 같았다. 조업 포기한 대가로 꽤 쏠쏠한 수익을 거둔 선장님은 연신 입술을 씰룩거렸다. 씁쓸하지만 한편으론 다행이다 싶었다.

"안 챙겨 왔어요?"
"뭘요?"
"그거유. 예전 선상들은 챙겨주던디?"
"뭐요?"
"그거 효과 좋더구먼 의사 선상들이 쓰는 약이라 그런지 좋더구먼."

그것은 바로 비아그라였다. 비아그라. 몇 해 전까지 진료기록을 보니 비아그라가 있었다. 처음엔 왜 비급여 약물이 있지 하고 의아했었는데 단박에 이해가 됐다. 의사 선상들은 비아그

라라는 뇌물로 섬 아재들에게 편의를 제공받았던 게 아닐까 싶다. 씁쓸하지만 겉으로는 웃으며 "네네 다음에 갖다드릴게요."라고 말했다. 그래도 이분이 아니었다면 비행기표를 그대로 날렸을 테니 고마웠다. 멀리 항구 주차장에 내 차가 보이기 시작했다. 나는 배 타고 항구로 들어올 때가 가장 좋았다. 뭐랄까 해방되는 느낌이 들었달까?

나는 감사 인사와 함께 배에서 내렸다. 그렇게 겨우 육지로 탈출하여 발에 땀이 나게 액셀을 밟았고 겨우 비행 두 시간 전에 도착했다. 나는 이미 지쳐있었고 그녀를 보자마자 자리에 주저앉았다.

"자기 수고했어."
"응응 가게 돼서 다행이다. 미안해."

나도 멋지게 꾸미고 프랑스 파리로 가고 싶었는데 누가 봐도 섬에서 갓 탈출한 시골 청년이었다. 반대로 그녀는 누가 봐도 서울 여자 같았다. 흔히 보지 못했던 원피스였다. 그녀는 누구보다 파리와 참 잘 어울렸다.

3장

성숙해지는
초보 의사

15
그녀와의 프랑스 여행

- 파리에서의 1일 차

샤를 드골 공항에서 파리 시내로 들어가는 지하철은 정말 무서웠다. 도착한 시간은 저녁 6시 정도였지만 전철 내부에는 불빛 하나 없었고 전철 플랫폼에도 가로등 하나 없어 마치 느와르 영화 같았다.

건장한 흑인들 사이에서 기죽지 않으려고 연신 눈을 부릅뜨고 있었지만 그들의 포스에 눌려 당황하지 않은 척 눈을 내려 바로 여자 친구를 쳐다봤다. 공항을 지나 시내 쪽으로 갈수록 전철 내부는 가득 차고 있었다. 오래된 전철 내부는 사람 한 명이 지나다니기에도 협소했고 그래서 큰 캐리어를 어떻게 들고 나갈지 고민이었다. 더군다나 무거운 캐리어는 짐칸 위에 올려져 있었고 그 좁은 틈으로 일어나 무거운 짐을 하나하나 내려야 했다.

도시의 불빛들이 전철 안으로 비치면 전철 내부 사람들의 얼굴이 보였다. 대부분이 흑인이었고 일부 백인 노인도 있었다. 관광객은 정말 우리뿐인 것 같았다. 내가 상상했던 프랑스와는 전혀 다른 모습이었다. 시내에 다가갈수록 점차 외부의 빛이 전철 내부로 비치기 시작했고 조금씩 두려움도 지워지고 있었다.

드디어 내가 내려야 할 역에 도착하기 직전이었다. 우리의 짐은 여전히 좌석 위에 올려져 있었다. 끙끙대며 캐리어를 내리기 시작한다. 겨우 하나 내렸다. 다시 하나를 내리는데 실수로 앉아 있던 프랑스인 머리를 쳤다. 어두운 전철 안에서 나를 쩨려보는 흑인의 눈빛이 너무나 무서웠다. 당황한 나는 프랑스 말을 모르니 영어로 연신 미안하다고 사과했다. 그랬더니 쿨하게 직접 일어나 내 앞에 캐리어를 내려줬다. 안도했다. 나 스스로 편견에 사로잡혀 그들을 바라보았던 건 아니었을지. 정작 모두가 즐거운 전철이었는데 나만 두려웠는지도 모를 일이다.

예약을 마친 호텔에 도착하여 우리는 짐을 풀기도 전에 풀썩 침대에 누웠다. 정확히 섬에서 탈출한 지 20시간 만이었다. 피곤에 지친 그녀는 그러나 여전히 예뻤다. 마음으로는 너무 예쁘다고 계속 얘기하고 싶었는데 몸이 따라주지 않았다. 굿나잇 키스만 하고 잠들었다. 그렇게 파리에서의 첫날 밤이 지나갔다.

- 센강

아침 해가 창가 사이로 비치고 우리는 자연스럽게 깼다. 오랜만의 동침이었다. 침대에서 겨우 눈을 뜨고 창가를 바라봤다. 예쁜 건물들과 맑은 하늘을 보니 그제야 프랑스에 왔다는 실감이 났다. 바깥을 보니 이른 아침부터 많은 사람들이 산책을 하고 있었다. 그리고 정말 영화에서만 보던 바게트를 한 아름 사 들고 어디론가 걸어가는 파리지앵들이 보였다.

전날 일찍 잠든 탓에 오전부터 일정을 시작할 수 있었다. 빠르게 준비하고 아침을 먹기로 했다. 여러 카페에서 맛있는 빵과

커피를 팔고 있었다. 오늘만큼은 우리도 파리지앵이 되고 싶었다. 프랑스인들이 많은 카페에 들어가 주문을 하고 여유롭게 기다렸다. 구수하게 풍겨오는 빵 냄새와 커피 향이 너무 좋았다. 옆 테이블의 노부부가 먹는 대로 따라 먹었다.

우리는 곧바로 센강으로 이동해 강변을 걸었다. 오전이라 살짝 춥긴 했지만 못 참을 정도는 아니었다. 센강을 배경으로 하는 많은 음악과 영화들이 있다. 센강변을 바라보기만 해도 감성에 젖었다. 센강이 많은 프랑스 예술가들의 성지이자 영감을 주는 장소로 왜 그렇게 사랑받았는지 알 것 같았다.

나는 한강을 좋아한다. 한강을 바라볼 땐 슬픈 감정보다는 멋있고 동적이라는 느낌이 드는 반면 센강에선 정적이고 슬픈 감정이 떠올랐다. 분위기가 만들어진다는 건 오묘하다. 눈에 보이는 것도 아니며 인위적으로 만들어지는 것도 아니다. 그저 몇백 몇천 년간의 기후와 날씨 그리고 일부 인간의 노력으로 만들어진 결정체이다. 센강의 분위기는 그렇게 만들어져 왔다고 생각한다.

우리는 레스토랑에서 맛있는 점심 식사 후 루브르 박물관에

갔다. 그림에 관해선 젬병이지만 세계적으로 유명한 박물관을 지나칠 순 없었다. 더욱이 루브르 박물관을 가자고 한 순간부터 J의 반짝거리는 눈을 본 이상 가지 않을 수 없었다. 그녀는 발레뿐만 아니라 미술에도 관심이 많았다. 박물관에 들어가 한국어 가이드를 들으며 2~3시간 정도 구경을 했다. 내 눈엔 비슷한 그림과 모형으로 보이는데 그걸 세세하게 바라보는 그녀. 무언가 있겠지 하며 멀리서 기다려주다가 이따금 지루해져서 몸을 배배 꼬았다. 나의 예상 시간인 3시간을 훌쩍 넘어 7시간이 지나고 있었다.

저녁을 먹을 새도 없이 아까 봤던 센강으로 나도 모르게 움직였다. 낮에 봤던 센강도 슬퍼 보였는데 저녁의 센강은 더욱 슬퍼 보였다. 빨간빛이 센강변에 내려앉아 강바람에 따라 조금씩 흔들리는 강 파도가 마치 충혈된 눈에서 눈물이 터져 나올 것 같은 모습이었다. 나와 J는 센강변으로 내려와 조용히 주위를 바라봤다. 강변 곳곳에는 우리 같은 커플들이 애정의 행동을 하고 있었다. 어떤 커플이라도 그런 광경을 보고 그리하지 않을 수 없을 것 같았다. 그래서 우리도 동참했다. 사랑 가득한 센강. 강은 우리에게 감성을 주고 그 감성을 나눠 가진 커플들은 사랑의 감정을 강에 돌려주었다. 그렇게 센강은 사랑과 감성이 가득한 강이 되어 왔다.

- 파리에서의 어느 날

우연히 그녀가 다녔던 발레 스쿨 동네를 걷게 되었다. 그녀에겐 꿈꾸던 곳이자 고통의 연속이었던 그곳. 그녀에게 트라우마로 남았을까 싶어 벗어나려 했으나 그녀는 그때가 생각났는지 괜찮다며 나를 끌었다. 학원 내부에서 아름다운 피아노 소리가 들렸다. 아마도 J와 같은 미래의 무용수들이 발레리나를 꿈꾸며 훈련을 하고 있었을 것이다. 밖에서 바라보는 모습은 아름다웠지만 무용수 한 명 한 명은 피땀을 흘려가며 스스로를 연마하고 있었을 것이다. 그런 마음이 이해되기 시작했다.

그리고 그녀가 그토록 가고 싶었다는 라뒤레에 도착했다. 마카롱도 거의 먹어보지 못했지만 라뒤레 내부는 무슨 보석가게 같았다. 그리고 얼마나 많은 마카롱이 있던지 그녀에게 라뒤레 모든 마카롱을 다 사주겠다고 했던 말이 부끄럽게 느껴졌다. 허세를 부리며 "먹고 싶은 마카롱 다 골라 오빠가 사줄게."라고 했으나 그녀는 한 아름 안는 포즈만 취하다 예쁜 마카롱 여섯 개를 골랐다. 왜 더 고르지 않냐는 말에 살짝 눈물이 핑 돌았는지 대답이 없었다. 대답이 없었다. 그녀 나름의 속사정이 있겠지 하며 가게를 나왔다.

파리에서의 마지막 밤이었다. 미리 예약해 두었던 프렌치 레스토랑에 가기로 했다. 우리 둘은 오랜만에 멋스럽게 차려입고 호텔을 나왔다. 힐을 신은 그녀의 모습은 정말 아름다웠다. 그녀는 손과 다리가 길어 더 예뻤다. 나는 여자 친구가 예쁠 때 하는 행동이 있었다. 예를 들어 걷다가 갑자기 멈추고 몇 초간 아무 말 없이 쳐다보고 뽀뽀를 해주는 것이었다. 그러면 그녀는 방긋 웃어주었다. 그녀는 누가 봐도 파리지앵 같았다. 그리고 나는 그녀를 보필하는 기사 같았다.

마지막 밤은 레드와인과 돼지고기 스테이크였다. 다행히 그녀의 입맛에도 맞았다. 시간이 너무나 빠르게 지나갔다. 파리에 도착하고 나선 시간이 느리게 흘렀으면 했다. 그렇게 의식하는 순간 시계는 더 빠르게 움직이는 것 같았다. 파리에서는 서울보다 시간이 두 배 정도 빠르게 흐른다고 한다. 대부분의 여행객들이 그렇게 말했다. 아쉬웠지만 어쩔 수 없이 파리 룰을 따르기로 했다.

그리고 나는 또 다른 파리의 룰을 따르기로 했다. 프랑스 사람들은 공개된 장소에서의 애정 행동에 스스럼없었다. 나 역시 와인의 취기에 용기를 내어 그녀에게 키스를 했다. 발그레해진 그녀의 모습이 예뻐 보였다. 한쪽 다리를 꼬고 나를 쳐다보는 모습은 물랑루즈의 여주인공 부럽지 않았다. 창가로 비치는 가로수 불빛의 은은한 조명 속 그녀의 매혹적인 모습은 아직도 내 머릿속 액자에 보관돼 있다.

호텔로 돌아가는 길. 멀리 노트르담 성당이 보였다. 노트르담의 꼽추가 치던 종이 보였다. 상상 속 꼽추가 종을 꽝 하고 쳤고 내 머리가 흔들리며 머릿속에서 종이 울렸다. 행복했다.

그렇게 그녀와의 프랑스 여행이 끝났다.

- 무제

인천공항에 도착하고 우리는 간단히 밥을 먹었다. 도착하자마자 휴대폰으로 그동안 수신된 많은 메시지들이 날아왔다. 잠시 화장실을 다녀왔다. 연신 밝았던 그녀의 표정이 갑자기 어두

워져 있었다. 찰나의 순간이지만 P의 일방적인 메시지를 봤을 것 같은 느낌이 들었다.

P: 오빠 언제 와? 우리 언제 볼까? (이모티콘)

16
문수 나쁜 날

- 싸늘, 냉정, 돌아서기

　우리는 한순간 싸늘해졌다. 먹던 음식들도 싸늘하게 식어갔다. 항상 웃던 그녀의 얼굴에 먹구름이 꼈다. 나는 나대로 그녀는 그녀대로 말할 수 없었다. 연락할 의사가 없었다면 좀 더 강하게 해야 했지만 내 성격상 하기 힘들었다. 이것은 변명일 뿐이고 무조건 내 잘못이었다.

　"연락하고 싶지 않았는데 걔가 일방적으로 연락해 왔어…."

멀리서 보면 내가 어떻게 해야 하는지 명확했는데 구차한 변명만 늘어놓고 있었다. 그녀도 내 말이 귓등으로도 들리지 않았을 것이다. 행복했던 파리에서의 순간이 한순간에 물거품이 되었다. 그녀가 번뜩 일어나 짐을 챙겨 나가기 시작했다. 내 머릿속에 번개가 번쩍했다. J를 쫓아갔다. 아무 말 없이 차에 나란히 앉아 몇 시간을 달렸다. 불안했지만 내가 할 수 있는 것이 없었다. 그녀는 눈을 감고 자는 척했지만 자지 않고 생각에 잠겨있다는 걸 알 수 있었다. 너무 화가 나서 그녀의 머리에서 김이 나오는 것 같았다.

　　생각해보니 그녀에게서 분노를 보는 건 처음이었다. 외유내강의 그녀는 항상 부드러운 면만을 보여줬다. 그러나 나는 착각했다. 그녀가 원래 부드럽다고 생각했다. 그녀는 거친 면을 보이지 않기 위해 부단히 노력하고 있다는 걸 망각하고 있었다. 예상치 못한 그녀의 거친 모습에 적잖이 당황했다. 나는 그녀의 목적지인 순천까지 갔고 그때까지도 아무 말 없었다. 그녀의 첫 마디가 나왔다. "오빠 늦었는데 빨리 집에 가."

　　J는 내리자마자 순식간에 집으로 사라졌다. 나는 순천의 이름 모를 곳에 혼자 멍하니 서서 멀어지는 여자 친구를 바라봤

다. 머릿속이 복잡해졌다. 그녀와 헤어지는 것일까? 그 이후로 당분간 그녀에게서 연락이 오지 않았다.

- 멈춰버린 순간

해결도 하지 못한 채 어쩔 수 없이 섬으로 들어왔다. 섬이란 공간은 때때로 잔혹하다. 육지는 오지라 하더라도 갑자기 급한 일이 있다면 새벽같이 달려가 일을 해결할 수 있지만 섬은 그렇지 않다. 갑자기 누가 죽어도 당장 달려갈 수 없고 배가 뜨지 않는다면 꽤 오랜 시간 나가지 못할 수도 있다. 내가 육지의 어느 곳에 있었다면 매일 일과를 마치고 그녀의 집 앞으로 달려갔겠지만 그럴 수 없었다. 나는 절박한 심정으로 그녀의 연락을 기다릴 수밖에 없었다.

내 사생활과 별개로 해야 할 일들이 산적해 있었다. 내 진료를 보겠다고 기어코 내가 오는 날을 기다리고 있던 환자들이 있었다. 마음을 추스를 시간도 없이 나는 첫날 50명이 넘는 환자를 봤다. 마음이 지쳐 있어 그런지 3시가 넘자 어지러워지기 시작했다. 평소 힘들다가도 그녀 생각만 하면 힘이 나곤 했었는데 지금은 연락을 받아줄 그녀가 없었다.

모든 것이 멈춰버린 것 같았다. 그녀와의 메시지는 일주일 전에 끊겨 있었고 모든 행복한 순간들은 파리에 놓고 온 것 같았다. 휴대폰에 남아있는 사진들이 이질적으로 느껴졌다. 내가 저랬던 적이 있었나? 몇 년이 지난 것 같았다. 모든 것이 내 업보였다. 오류 난 컴퓨터는 이따금 실수를 만들었다. 기침을 계속하는 할머니가 실수로 내 얼굴에 기침을 했다. 내 얼굴엔 침과 일부 건더기가 묻었다. 순간적인 화를 참지 못하고 환자에게 화를 냈다. 옆에 있던 간호사도 당황했다. 이전의 나와 그날의 나는 정말 달랐다. 정말 큰 실수였다. 의사를 찾아오는 것이 얼마나 힘든 것인지 알면서도 힘들게 온 환자에게 화까지 냈으니.

바로 밖으로 나갔다. 파도를 보고 싶었다. 파도는 항상 내게 여유로움을 줬다. 바닷바람을 맞으니 조금 진정되었다. 점차 내가 했던 실수들이 떠올랐다. 뒤늦게 후회가 되기 시작했다. 돌아오자마자 간호사에게 사과했다. 어제 안 좋은 일이 있어 나도 모르게 화를 냈다고 하니 괜찮다며 나를 위로해줬다. 감사했다.

마음을 나쁘게 먹는 날은 일진도 좋지 않았다. 휴대폰이 꺼진 줄도 모르고 잠들었다. 오랜만에 숙면을 취하는데 이상한 느낌이 들어 깼다. 내 방에 경찰 3명이 들어와 있었다. 그러더니 "선생님 폰을 꺼놓으시면 어떡해요?"라고 했다. 아직 잠을 덜 깨서 뭐라고 하는지 잘 안 들렸지만 몇 초 뒤 본능적으로 응급환자가 생겼구나 생각했다. 잠겨있던 방문을 어찌 도둑처럼 잘도 열고 들어오신 건지.

시계를 보니 새벽 4시였다. 의식이 없다는 할아버지. 같이 주무시던 할머니가 미동이 없는 할아버지를 흔들었는데 일어나지 않는단다. 나는 응급키트를 챙겨 선착장으로 이동했다. 이미 나를 기다리고 있었다. 평소에 지병이 있냐고 물으니 당뇨와 혈압이 있단다. 바로 혈당 측정해보니 30이었다. 아마도 저혈당으로 인한 의식저하인 것 같았다. 혈관을 확인하고 가져온 키트 속에 있는 링거를 연결했다. 배 안에 혹시 사탕이 없냐고 묻자 의경이 먹던 사탕 하나를 내밀었다. 환자의 입속에 사탕을 물렸다. 그렇게 나는 해경정을 타고 육지로 나갔다. 육지로 가는 동안 환자의 혈당은 회복되었고 도착하자마자 의식을 차렸다. 그러곤 하는 소리. "내가 왜 여기 있어? 나 괜찮은디 뭘 호들갑이여?"

저혈당으로 인한 의식저하는 빠르게 회복되고 후유증이 남지 않는 게 일반적이다. 주위 사람들은 적잖이 당황했겠지만 병원으로 가라는 조언에도 할아버지는 그럴 필요 없다며 나와 같이 첫배로 다시 들어왔다. 아침에 조업 나가야 하는데 왜 쓸데없는 짓을 했냐며 할머니를 타박했다. 물에 빠진 사람 살려놓으니 보따리 내놓으라 한다는 말이 떠올랐다. 섬 선착장에 도착해 터벅터벅 진료실까지 멍하니 돌아왔다. 난 무엇을 한 거지?

- 운수 나쁜 날

내가 파리를 다녀온 사이 섬에는 뜨거운 여름이 다가와 있었다. 종종 찍어 보내주던 꽃들도 어느새 시들어 없어지고 푸르른 풀들이 대신하고 있었다. 차갑고 시원하던 바닷바람이 미지근해졌다. 답답하던 내 속을 식혀주던 바람이 그리웠다. 연락이 되지 않는 그녀가 그리워 프랑스에서 찍은 사진들을 계속 봤다. 사진 속 우리의 모습은 환했다. 내가 거울을 보고 있는 것이길 바랐다. 내 옆에 그녀가 있고 그녀와 같이 환하게 웃고 있는 것이 현재이길 바랐다. 그렇게 생각할수록 더욱 이질적이고 옛날 일처럼 느껴졌다. 그녀 또한 나 때문에 많이 힘들었을 것이다.

신뢰하던 내게 불신을 느낀 이후 어떻게 해야 할지 고민이 많았을 것이다.

다시 육지로 나가려면 한 달이나 필요했다. 빠른 시간 내에 육지로 나가야 했다. 그녀보다 내게 중요한 것은 없었다. 그것을 깨닫는데 너무나 오랜 시간이 걸렸다. 앞으로 7일 남았다. 7일 동안 그녀의 마음이 떠나지 않길 바라는 수밖에 없었다. 그녀 또한 나처럼 우리의 행복했던 순간의 사진을 보고 있길 바랐다.

익숙해질수록 받는 것에 무감각해진다. 받고 있는 사랑을 당연하게 여기는 순간 위기가 온다. 그 위기가 파멸이 되었을 때 비로소 받았던 사랑이 굉장히 달콤했음을 깨닫는다. 지난 모든 기억이 고맙고 행복하게 느껴진다. 어리석은 인간은 항상 한발 늦다. 지속적으로 생각해야 한다. 누군가는 끊임없이 노력하고 있다는 것을. 자연스럽게 안정적인 관계가 형성되는 건 없다. 이 모든 것이 지나고 나서의 후회였다. 나는 매일 그녀에게 자기 전 메시지를 남겼다. "미안하다. 보고 싶다. 사랑한다. 꼭 얼굴 보고 사과하고 싶다. 모든 게 내 잘못이다."라는 이야기들이었다.

사과의 타이밍이 늦었다. 헤어지기 전에 좀 더 적극적으로 사과했어야 했다. 깊어진 오해의 골을 거스르기엔 오랜 시간이 필요했다. 곧 순천으로 가겠다고 메시지를 남겼다. 대답은 없었지만 그녀가 꼭 내 메시지를 봤기를 바랐다. 그마저도 하지 않으면 답답해 죽을 거 같았다. 맘 같아선 몰래 배를 훔쳐 섬을 탈출하고 싶었다.

섬에 들어온 며칠간 나는 좀비처럼 일했다. 밤에 잠이 오지 않았고 배가 고프지 않았다. 환자가 오는 대로 기계적으로 일했다. 나는 나갈 날만을 기다리고 있었다. 나가기로 한 전날 밤 잠이 오지 않았다. 집에 있는 맥주를 깠다. 다 마시고 나니 여섯 캔이 찌그러져 있었다. 그러다 나도 모르게 엎어져 잠들었다.

빨리 액셀을 밟고 싶었다. 섬 내에선 액셀을 밟을 일이 없었다. 맘껏 달리고 싶어도 섬 안이었다. 섬 안에선 아무리 페달을 밟아도 제자리로 돌아왔다. 너무나 답답했다. 배에서 내리자마자 나는 밟고 싶은 만큼 밟았다.

내 차는 액셀이 부드러웠다. 부드럽게 밟아도 100km/h 이상 쉽게 나왔다. 부드럽게만 밟았으면 되는데 무리하게 RPM을 올렸다. 그러다 오르막길이 나왔고 RPM이 과하게 올라갔다. 갑자기 평 하는 소리가 났다. 액셀을 밟아도 차가 앞으로 가지 않았다. 점차 느려졌다. 사고가 날 것 같아 깜빡이를 켜고 갓길에 세웠다. 평 소리 1분 만에 차는 완전히 멈췄다. 보닛에서 연기가 나기 시작했다. 더 이상 액셀에 차가 반응하지 않았다. 멈췄다.

나는 한동안 운전석에서 멍하게 앞을 쳐다봤다. 왜 이리 되는 일도 없는지. 눈물이 날 것 같았다. 그녀에게 가는 것만큼 차도 무리였던 걸까. 곧바로 삼각대를 설치하고 보험회사에 연락했다. 그녀에게 연락하고 싶었다. 그녀라면 이 순간에 내 몸은 괜찮냐며 걱정해줄 것 같았다. 나도 모르게 그녀에게 문자했다.

"나 오늘 밖에 나왔는데 가다가 고속도로에서 사고가 났어. 미안해. 오늘 못 갈 것 같아."

렉카 조수석에 앉아 멍하게 앞을 바라봤다. 보험회사 직원은 먼 공업사로 나를 데려갔다. 나는 어디로 가는지도 모른 채 끌려갔다. 강진의 어느 공업사에 도착했다. 차는 이틀 정도 수리가 필요하다고 해 잘 고쳐달라고 했다. 나는 순천으로 가기로 했다. 강진군의 버스터미널에서 버스를 잡아타고 순천으로 향했다. 반나절의 순간이 옛날 일처럼 느껴졌다. 그 순간 문자가 왔다. 보험회사에서 연락했겠거니 하고 폰을 내려놨는데 메시지 끝에 하트가 보였다. 갑자기 동공이 커지고 가슴이 뛰기 시작했다. 그녀에게서 답변이 온 것이었다.

"어디야? 몸은 괜찮아?"

모든 걸 포기해도 좋다 생각했다. 그녀를 만나기만 하면 모든 걸 내려놓고 사과하기로 했다. 그녀에게 온 메시지가 너무 고마웠다. 나는 순천으로 가는 중이니 꼭 한번 얼굴만이라도 봐달라고 했다. 그녀는 순천 터미널로 나와 기다리겠다고 했다. 너무 고마웠다. 버스를 타고 가는 동안 아무런 생각이 들지 않았다. 휴대폰 속 사진이 현재가 될 수 있기를 바랐다. 그리고 생각해보니 내 싼타페는 참 큰 역할을 했다.

17
06년식 싼타페 CM

- 싼타페가 만들어 준 인연

그녀에게 메시지가 온 이후 급격하게 시간이 흐르지 않는 것
같았다. 무슨 말을 해야 할까. 어떻게 사과해야 할까. 별의별 생
각이 들었지만 답은 없었다. 용서해 줄 명분만 달라고 그녀가
생각하길 바랐다.

순천으로 들어가는 길. 막히기 시작했다. 안 그래도 생각이
많은데 더 미칠 것 같았다. 문득 내가 잃어버린 싼타페가 생각
났다. 갑자기 헛웃음이 나왔다. 나는 오다가 차도 잃어버리고

돈도 날려버리고 심지어 여자 친구도 잃기 직전이었다. 거기다 비가 오기 시작했다. 우중충한 날씨가 내 마음 같았다. 날은 점차 어두워지고 비까지 내리니 더 울적했다. 드디어 터미널 입구에 도착했다. 이 어딘가에 J가 기다리고 있으리라….

가슴이 뛰기 시작했다. 오랜만에 여자 친구를 봐서 뛰는 설렘이 아니었다. 기분이 좋으면서도 나쁜 박동이었다. 박동이 너무 세게 쳐서 귀까지 먹먹해졌다. 침을 아무리 꼴깍 삼켜도 멍한 게 없어지지 않았다. 맨 먼저 일어나 문이 열리기만을 기다렸다. 문이 열리고 내렸다. 비가 부슬부슬 내리고 옷을 적셨다. 나는 달랑 지갑 하나만 들고 순천으로 왔다. 초라했다. 그녀를 설득할 만한 말도 생각해내지 못했다. 막연히 그녀가 용서해주기만을 기다리고 있었다.

멀리서 그녀가 우산을 들고 서 있었다. 키 크고 눈이 동그랗게 예쁜 여자는 J뿐이었다. 마주쳤다. 떨렸다. 그리웠다. 보고 싶었다. 우리는 말을 하지 않았지만 눈빛만으로 알 수 있었다. 그녀의 커다란 눈에서 눈물이 떨어졌다. 빗물이 떨어졌다. 나는 그렇게 그녀를 또 울게 만들었다. 이때가 기회라고 생각했다. 명분을 만들어주고 용서를 구하고 싶었다. 일단 비를 피해

터미널 안으로 이동했다. 저녁 6시 주말이라 터미널 안에는 사람들이 가득했다. 그곳에선 도통 용기가 나지 않았다. 그래서 횡단보도 건너편 카페로 이동했다. 비에 셔츠가 젖었지만 개의치 않았다. 그녀의 다리에 빗물이 튀었다. 뒤에서 보는데 꼭 닦아주고 싶었다.

우리는 카페에 들어갔고 음료를 주문했다. 한동안 자리에 앉아 아무 말도 하지 않았다. 우리가 처음 만났던 날. 나는 홀로 앉아 또각또각 들어오는 그녀의 구두 소리를 들었다. 그때만 해도 이런 모습을 상상할 순 없었다. 가슴이 미어졌다. 그녀는 힘겹게 나에게 한마디 했다.

"몸은 괜찮아?"
"응. 차가 좀 망가져서 며칠 고쳐야 할 것 같아."
"휴가는 어떻게 받고 나온 거야?"
"너한테 이렇게 큰 잘못을 했는데 섬에만 있을 수 없어서 도망쳤어."

나는 바로 무릎 꿇었다. 이것이 마지막이라면 사과는 하고 싶었다. 빗물로 축축했지만 바닥에 무릎을 꿇었다. 의외로 그녀는 나를 바로 일으켜 세우지 않았다. 내가 이렇게 하는지 지켜보려는 것이었을까? 나는 모두 사실대로 얘기했다. 그녀는 나의 전 여자 친구였고 인턴 때 나를 내치고 간 여자다. 너무 힘들었지만 괜찮아졌고 이후에 너를 만나게 돼서 행복했다. 그리고 그녀와 나눴던 메시지를 보여줬다. 4월부터 종종 이어오던 전문이었다. 그리고 나는 더 이상 P와 연락하지 않겠다고 얘기했다. 과거의 정에 이끌려 인연의 끈을 놓지 못한 것 같다고 사과했다.

솔직히 무릎이 아팠다. 이 모든 게 무릎 꿇은 상태에서 한 것이었다. 적어도 10여 명의 손님들이 카운터를 오고 가며 나를 쳐다봤다. 부끄러운 것도 그렇지만 얼마나 나쁜 놈일까 하고 비웃는 소리가 멀리서도 들렸다. 그녀도 딱히 할 말이 없는지 멍하니 앉아 있었다. 메시지를 공개하면서도 당당한 이유는 그녀와 연락을 이어가려는 의도는 없었기 때문이다.

"이번 한 번만 용서해주면 절대 이런 실수 되풀이하지 않을게. 부탁해. 너와 헤어지는 건 상상할 수 없어."

그녀가 울기 시작했다. 카페 유리창에 맺힌 빗방울들이 새로운 빗방울을 맞고 아래로 떨어졌다. 받았던 배신의 연속에 참고 있던 눈물이 터진 것 같았다. 일어나라고 하지도 않았는데 무릎이 아파서 일어나며 자연스럽게 그녀를 안았다.

"미안해. 한 번만 용서해줘."

그녀가 나를 밀쳐내지 않았다. 눈에 묻어있던 눈물이 내 셔츠에 묻었다. 이미 나는 많은 비를 맞아 축축한 상태였다. 한쪽 어깨 부분이 뜨거워졌다. 축축했지만 싫지 않았다. 그냥 그렇게 있고 싶었다. 우리는 시켜놓은 음료는 한 모금도 먹지 않고 그러고 있었다. 사실 그녀는 용서한다는 말을 하지 않았다. 다시 실수하면 그때는 끝이라는 느낌이었다. 나는 연신 미안하다는 말만 반복했다. 그래도 다행이었다. 나는 헤어질 수도 있다고 생각했었다. 목이 말랐다. 아메리카노 반 컵을 한 번에 마셨다.

어색한 순간이 지나고 밥을 먹자고 했다. 그녀는 로제 파스타를 좋아했다. 내가 오랜만에 로제 파스타가 먹고 싶다고 했다. 그녀의 동네로 이동해서 파스타 집에 들어갔다. 그녀는 말이 없었다. 일단 밥을 먹고 힘을 내야 할 것 같았다. 그녀도 그렇지만 나는 3일 내내 한 끼도 먹지 못했다. 긴장이 해소되자 배고픔이 몰려왔다. 내가 가장 좋아하는 로제 파스타가 등장했다. 얼마나 정신이 없었냐면 우리는 두 개의 로제 파스타를 주문했다. 로제 파스타 2개라니. 나는 와인 한 잔도 주문했다. 그러자 그녀도 와인을 주문했다.

그녀가 와인을 원샷했다. 무서웠다. J의 이런 모습은 처음이었다. 나도 덩달아 원샷하고 말았다. 맨정신보다는 취하는 게 낫겠지 싶었다. 우리는 경쟁적으로 와인을 추가 주문했다. 와인 한 병을 시키는 게 더 저렴했겠지만 지금 우리가 와인 한 병 시켜서 로맨틱하게 마실 처지가 아니었다. 와인을 소주처럼 한 잔 한 잔 마셨다.

와인은 갑자기 훅 취한다. 그 덕분인지 그녀가 말이 많아졌다. 그동안의 소회를 풀어냈다. 나는 가만히 듣고 있다 그녀가 울 때마다 휴지를 건네줬다. 그래도 그 모든 이야기를 내게 해줘서 고마웠다. 그래서 다짐했다. 다시는 그녀를 울리지 않겠다고. 우리는 결국 마지막에 웃었다. 그녀가 나를 한 대 치며 "너 밉다."라고 했다. 나한테 너라고 한 게 처음이었다. 세 글자에 많은 의미가 담겨 있는 것 같았다. 다시는 밉다는 말이 안 나오도록 열심히 노력해야겠다고 다짐했다.

우리는 꽤나 취했다. 둘 다 만취되어 걷는 모습이 우스꽝스러웠다. 비는 비대로 다 맞고 아주 웃긴 꼴이었지만 기분만큼은 좋았다. 나는 차, 가방, 우산을 잃어버리고 순천에 왔지만 여자친구는 찾았다. 그녀의 다리에 굳어버린 흙모래가 보였다. 아까 걸을 때 빗물이 묻은 자국이었다. 그것을 지워주고 싶었다. 바로 휴지로 쓱싹쓱싹 닦아주었다. 그녀는 웃음을 찾게 되었고 나는 행복했다. 고마웠다.

- 내 사랑 싼타페

불쌍한 내 싼타페는 다행히 하루 만에 고쳐졌다고 했다. 다음 날 섬에서 다시 진료를 해야 했기에 강진으로 이동했다. 90만 원이 나왔다. 내가 액셀을 과하게 밟는 바람에 엔진 실린더가 깨졌다. 돈이 아깝지 않았다. 싼타페 고장이 아니었다면 그녀를 다시 만날 수 있었을까 싶었다. 엔진이 쪼개져서 다시는 못 보는 줄 알았는데 다시 보게 되어 기뻤다. 나는 그 이후로 새 털 다루듯 액셀을 밟았다.

- 건강하자

　나는 섬에서 다시 여유를 찾았다. 웃으며 진료하던 과거의 모습으로 돌아갔다. 아픈 환자의 마음에 공감이 가기 시작했다. 의사가 아프면 환자에 공감하기 쉽지 않다. 평생 아픈 사람을 상대해야 하지만 정작 내가 아플 땐 나 스스로를 치료할 수 없다. 아픈 사람들을 만나면서 안 아프기도 쉽지 않지만 지금은 많은 노하우가 생겼다. 그때 느꼈다. 진료를 제대로 보기 위해서는 의사가 먼저 건강해야겠다는 것이다.

18
富生貧死(부생빈사)

- 富生貧死

부생빈사. 잘난 사람은 잘 살고 못난 사람은 죽는다. 이 말이
섬에서도 적용된다. 섬에서 영향력이 있는 사람은 어떻게든 살
아나가고 독거노인 기초수급자는 어쩔 수 없는 상황이 되면 죽
는다. 내가 그런 사실을 깨닫는 데 채 반년이 걸리지 않았다. 사
회가 좀 더 정의롭다고 생각했던 나로선 적잖이 충격이었다.

할머니가 두통이 있다며 내원하였다. 내가 진찰하기도 전에
뇌출혈일 수도 있으니 닥터헬기를 띄워달라는 할머니. 환자 본

인이 무언가 목적을 갖고 말하는 경우 한 번쯤 다시 생각해봐야 한다. 신경학적 징후에 이상이 없고 이전 Hx(기저질환이나 뇌출혈 이력)가 없기에 응급하게 나가야 할 이유는 없다고 설명했다. 갑자기 할머니가 쓰러졌다. 의사는 환자의 호소에 대해 의심할 순 있지만 무시할 순 없다. 어쩔 수 없이 해경 센터에 연락을 했다. 그러나 파도가 높아서 나가지 못한다고 했다. 헬기 요청을 하니 현재 환자의 상황이 출동 Indication(적응증)에 해당하지 않으니 올 수 없다고 했다. 내가 보기에도 지금 호소하는 증상만으로 는 헬기팀이 안 오는 게 당연해 보였다. 나는 언제나 객관적으로 진료 보려 노력했다. 면장이 오는 날도 편의를 봐주지 않았다. 보잘것없는 힘이지만 그래도 내 분야에서는 정의가 지켜지길 바랐다.

사실 뇌출혈이 의심된다 하여 헬기를 무조건 오게끔 할 수도 있었다. 실제 그쪽이 내게도 편했다. 나가서 정상이면 다행이고 나가지 않아서 문제가 생기면 내가 독박을 쓰게 될 테니 말이다. 하지만 특정한 의도를 갖고 헬기를 타려는 사람들이 응급 헬기를 타게 되면 그사이 응급환자의 치료를 더디게 할 수 있다. 나는 그것이 적어도 내 손에서만큼은 지켜질 수 있길 바랐다. 할머니를 돌려보내는 데 한 시간이 걸렸다. 나는 온갖 모욕을 당했다. 네가 죽으면 책임질 거냐부터 민원을 넣어서 자르겠다는 말까지 했다. 차라리 잘라 달라 하고 싶었다. 지긋지긋한 섬에서 떠나고 싶었으니까. 그런데 갑자기 내 앞으로 전화 한 통이 왔다.

"어 나 ○○ 해경 누구누구인데 해경 헬기 접수만 좀 해주쇼."

"어떻게 전화하신 건가요?"

"아까 헬기 타고 나가야 하는 응급환자랑 아는 사람인데 어떻게든 헬기를 보낼 테니 의사 양반 접수만 좀 해주쇼."

"네 알겠습니다."

헬기가 날아오기 위해서는 내 요청이 필요했다. 헬기를 보내겠다는데 보내지 않을 이유는 없었다. 접수한 지 30분 만에 해경 헬기가 인계점으로 날아왔다. 나는 그날 처음 알았다. 해경에도 헬기가 있다는 사실을. 해경 헬기를 곧장 띄울 수 있는 사람이라면 얼마나 대단한 사람일까 궁금했다.

- 사망선고

한 달 전 있었던 한 할머니의 죽음과 오버랩됐다. 그날은 여유롭게 근무를 마치고 방으로 올라가려는데 간호사가 환자가 온다며 기다리라고 했다. 덩치 큰 남성 등에 업혀 오는 모양새가 심상치 않았다. 맥을 잡았다. 맥이 잡히지 않았다. 다시 한번 Carotid a.(경동맥)를 만졌다. 촉진 되지 않았다. 동공반사도 없고 심지어 입에서 거품 가득한 피가 쏟아져 나오고 있었다. 자발 호흡도 없었다.

바로 CPR(심폐소생술)을 시작했다. 현재 이 진료실에는 나와 간호사 두 명뿐이었다. 더군다나 간호사는 CPR을 할 줄 모르는 행정직 공무원이었다. CPR은 최소 2인이 교대로 시행해야 한다. 그렇지 않으면 CPR의 Quality가 떨어져서 환자의 생존 확률이 줄어든다. 하지만 어쩔 수 없었다. 시간이 없는데 간호사에게 자세까지 가르치며 할 순 없었다. 제세동기를 준비하는 동안 나는 힘껏 흉부 압박을 했다. 헬기가 오기까지는 40분이 소요된다. 나는 죽을힘을 다해 흉부 압박을 시행하고 있었다. 다리와 팔이 가만히 있어도 떨리기 시작했다. 멈출 수 없었다. 흉부 압박은 절대 멈춰선 안 되기 때문이다.

심전도를 측정하는데 Asystolic(심장이 뛰지 않음) 상태가 지속되고 있었다. 이곳에 들어오기 전에 사실상 DOA(도착 당시 사망) 상태였다. 그러나 환자의 가족을 위해서라도 헬기가 오기 전까지 CPR을 해야 했다. 흉부 압박을 반복하자 환자의 입에서 피가 터져 나왔다. 그 피가 내 얼굴 내 팔 그리고 점막이 있는 눈에 튀었다. 그러나 30분이 지나도 환자의 활력징후는 회복되지 않았다. 사망선고를 했다.

　"오후 8시 10분 ○○○님 사망하셨습니다."

　그 사망선고를 듣는 사람은 아무도 없었다. 나중에 알고 보니 그 할머니는 섬에서 아주 어렵게 살아온 독거노인이었다. 사망진단서를 작성하고 있는데 이후에는 어떻게 해야 할지 몰랐다. 해경은 응급환자가 아닌 이상 데려갈 수 없다고 했고 군청에서는 가족과 연락이 안 된다며 전화를 끊었다. 사늘하게 식어버린 할머니는 그렇게 내 컴퓨터 옆에서 2시간 동안 방치돼 있었다. 나 또한 떠날 수 없었다. 진료실에 덩그러니 내버려 두고 쉴 수 없었다. 무서운 느낌은 없었지만 이게 뭐지 하는 생각은 들었다. 시체 옆에서 아무렇지 않게 앉아 서류 처리를 하고 있으니 기분이 묘했다.

2시간이 지나고 경찰이 자체적으로 사망자 수리 후 흰 시체
가방에 할머니를 넣고 가져갔다. 할머니의 죽음에 아무도 슬퍼
하지도 궁금해하지도 않았다. 독거노인. 기초수급자. 마지막을
같이한 사람은 오로지 나뿐이었다. 가난한 사람은 가는 길도 쓸
쓸했다. 나는 아무렇지 않게 몸에 튄 피를 닦아냈다. 그렇게 아
무렇지 않은 듯 진료실은 평온해졌다.

- 그녀의 과감한 선택

그녀에게 전화했다. 오늘 환자가 죽었다고 피가 온몸에 튀
어서 씻는데 힘들었다고 말했다. 그녀 역시 피 튀기는 삶을 살
았지만 살아있는 사람의 피였다. 죽은 사람의 피는 느낌도 무섭
다. 응고가 될 대로 된 피는 색깔마저 적갈색이며 젤리 같은 형
태이다. 혹시 내게 문제가 없냐고 물었지만 걱정할까 봐 아무렇
지 않다고 말했다. 작심한 듯 그녀가 말했다.

"오빠 나 섬에 들어가서 며칠 있다가 나올까? 예전부터 섬에
서 살아보고 싶었는데 겸사겸사 가볼까 해서."
"괜찮겠어? 부모님이 걱정하시지 않을까?"

"응 그건 걱정하지 마."

그녀가 섬에 들어온단다. 너무 좋았다. 그녀에게 나만의 비밀장소를 보여주고 싶었다. J가 보고 싶을 때마다 걸었던 해변가에 서서 파도 소리를 들려주고 싶었다. 이 소리가 내게 위로가 됐노라고. 푸르른 풀로 바뀌어버린 봄꽃 흔적들도 보여주고 싶었다. 무엇보다도 그녀가 보고 싶어 그리워하지 않아도 된다는 것이 좋았다. 사랑하는 사람과 같이 산다는 것 그것만큼 행복한 일은 없다. 그녀에게도 큰 도전이 될 섬에서의 생활을 꼭 즐겁게 만들어 주고 싶었다. 좁은 방이 살짝 신경 쓰였지만 찰떡처럼 붙어 있을 수 있으니 더 좋다고 생각했다.

그녀의 구두가 내 신발장 아래에 놓였다. 가지런히 놓여있는 구두 한 켤레는 보기만 해도 행복했다. 그 구두는 진주 빛깔의 아주 예쁜 구두였다.

19
한여름 밤의 꿈

- 눈먼 점농어

학부 시절부터 낚시를 좋아했다. 아버지를 따라 어린 시절부터 낚시를 한 덕분이다. 아버지는 더 이상 하지 않으시지만 관성 때문인지 나는 계속하게 되었다. 아버지는 섬으로 가서 실컷 낚시할 수 있으니 좋겠다며 말씀하셨고 나 또한 낚시라도 맘껏 해야겠다 생각했다. 섬으로 들어오는 첫날 모든 낚시 장비를 챙겼다.

배가 안 떠서 섬에 남게 되거나 일과를 마치고 종종 낚시를 했다. 해가 뉘엿뉘엿 지고 가로수 등불이 들어오면 조용한 선착장이 멋스럽게 변했다. 고요한 선착장에 주기적으로 들리는 새 지저귐 소리, 멀리 있는 등대가 깜빡거리는 목가적인 분위기는 한 폭의 동양화 같았다. 낚시를 나갈 때마다 매번 허탕을 쳤음에도 그 분위기의 일원이 되는 게 좋았다. 2시간의 액션이 무색하게 입질이 전혀 없었다. 철이 아님이 분명했다. 물고기가 없어서 못 잡았던 것이었다. 완전히 해가 져버려 칠흑 세상이 되어서야 나는 집으로 들어갔다.

전날 방문한 어부(환자)가 농어가 떼로 들어왔다며 포인트를 알려줬다. 농어는 멸치 떼를 따라 몰려다니기 때문에 타이밍만 맞추면 마릿수 조과를 올릴 수 있다고 했다. 나는 아침같이 포인트에 나갔다. 사람이 많지 않은 섬이다 보니 길이 없는 포인트가 많았다. 이곳이 정말 맞나 하는 생각이 드는 순간 절벽이 나타났다. 아찔했다. 안전불감증이었다. 떨어졌다면 그대로 죽었을 것이다. 놀란 마음을 진정시키고 다른 포인트로 이동했다. 오늘따라 파란 미노우가 눈에 들어왔다. 바로 달고 날렸다. 50m 앞에서부터 바닥을 긁으며 끌어왔다. 바닥 걸림인지 입질인지 모를 타닥거림이 나를 설레게 했다. 모든 게 입질이라 생각하고 다시 한번 던져본다. 바닥을 사정없이 긁고 드래그 하기 시작했다.

　세 번 더 반복했을까. 가만히 있어도 초릿대 끝이 미세하게 내려갔다. 입질이었다. 분명 미노우를 뱉어가며 간을 보고 있는 게 분명했다. 미노우를 떨어뜨린다. 자연스러운 떨어짐에 물고기는 잽싸게 물었다. 한 방에 물었다는 건 광어 아니면 농어가 분명했다. 챔질도 필요 없을 정도로 강하게 후킹 되어 끌려오고 있었다. 혹시나 빠질까 싶어 물 가까이로 이동했다.

　놈은 굉장히 셌다. 항복할 만도 한데 마지막 순간 바늘 털이를 하고 있었다. 다행히 후킹이 제대로 되어 나의 승리로 끝났다. 60cm 정도 되는 점농어였다. 농어가 나오는 순간 나는 소리를 질렀다. 섬에서 첫 고기였다. 무수히 많은 날들을 소비했지만 물고기를 잡은 건 이날이 처음이었다. 자랑스럽게 인증샷을 찍고 피를 뺐다. 집에 가져가 회를 먹을 생각에 설렜다. 드디어 섬에서도 자급자족을 할 수 있게 되었다. 이제 회를 쳐 먹고 남은 뼈로 매운탕도 먹을 수 있었다.

　이날은 주말이었고 섬에는 나밖에 없었다. 친하게 지내던 한의과 선생이랑 먹었다면 맥주도 마시고 좋았을 테지만 어쨌든 맛있게 먹기로 했다. 주위 밭에서 무와 마늘을 가져와 매운탕을 만들고 서툴지만 과도로 회를 썰었다. 먹어본 가락 덕분인지 그럴듯하게 썰었다. 모든 음식을 준비하고 사진을 찍어 여자 친구에게 보냈다. 조만간 들어오기로 한 그녀는 당장 와서 같이 먹고 싶다고 했다. 내가 내일 잡아줄 테니 내일 들어오라고 했다. 농어는 미끼였다. 그녀를 위해서라면 농어 100마리라도 잡을 자신이 있었다. 그녀와 같이 요리하고 준비할 상상을 하며 혼자서 맛있게 먹었다. 농어 철이라 그런지 맛이 좋았다. 혼자서 소주까지 따라 마셨다. 푸짐하게 차려진 한 상은 웬만한 일식집 부럽지 않았다. 다만 미노우에 찔려 피나는 손가락과 비린내는 어쩔 수 없었지만 먹고 싶은 만큼 먹을 수 있어 행복했다. 맛있는 음식을 먹으니 더욱 그녀가 생각났다.

센티해지는 밤이었다. 한 병의 소주가 만드는 센티함. 고요한 바닷가와 검은 하늘에 반짝거리는 등대의 불빛. 그녀와 나란히 앉아 바라보고 싶었다. 며칠만 더 자면 정말 그럴 수 있다. 신났다. 섬에서의 생활이 당분간 즐거울 것 같았다. 나는 이런저런 생각을 하다 잠들었다. 여러 음식과 매운탕 냄비가 널브러진 사이에서 나는 교묘하게 누워 잘 잤다. 귀찮았다. 그냥 자고 싶었다. 덕분에 다음 날 아침에도 맛있는 매운탕을 먹을 수 있

었다. 나는 섬에서 처음이자 마지막으로 잡은 물고기를 맛있게
도 먹었다.

- 그녀의 등장

그녀가 들어왔다. 그녀는 귀여운 진붉빛 구두를 신고 시집오
는 처녀 같았다. 나는 진료 중이라 항구까지 나갈 수 없었고 그
녀는 힘든 섬 길을 구두로 또각또각 잘도 걸어서 왔다. 멀리서
캐리어 끄는 소리가 크게 들렸다. 그녀의 구두 소리는 아주 경
쾌했다. 그녀는 걷는 것이 당당했고 그래서 구두 소리도 경쾌했
다. 그리고 그녀가 문을 열고 보건소로 들어왔다. 문 앞으로 달
려가 그녀를 안고 싶었지만 그 광경을 두 명의 간호사와 한 명
의 환자가 보고 있었다. 캐리어를 들고 2층 방으로 향했다. 가
운을 입고 있는 나의 모습은 그녀도 처음 보는 것이었다. 캐리
어를 내려놓자 장난기가 발동했다.

"환자분 어떻게 오셨나요?"

"응?ㅋㅋㅋㅋ"

"아 많이 아프신가요? 일단 응급 치료를 위해 인공호흡을 하

도록 하겠습니다." 하고 입술에 쪽 뽀뽀를 했다.

"선생님 치료 더 해주세요. 아직도 아픈 거 같아요."

유쾌했다. 지금 떠올려도 그 순간이 생각날 정도로. 그녀는 꼭 껴안는 걸 좋아했다. 나는 그녀를 꼭 껴안아줬다. 방으로 전화벨이 울리기 시작했다. 기다리고 있는 환자가 생각났다. 나는 그녀에게 짐을 풀고 있으라 하고 내려왔다. 그녀가 도착하고 나서도 환자 행렬은 끊이지 않았다. 섬은 바닷바람 때문인지 여름에도 감기 환자가 많았다. 맑은 콧물을 흘리는 환자들이 유독 많았는데 아마도 epidemic 하게 바이러스가 계속 도는 게 아닐까 생각했다. 그러다 나도 섬사람들의 감기에 걸려 며칠을 고생하곤 했다.

감기 환자들에게 약을 처방하고 5시쯤이 되자 여유를 찾았다. 방으로 올라갔다. 그녀는 평소에도 굉장히 깔끔했다. 그녀의 방에 처음 갔을 때에도 짐이 많았지만 어질러져 있다는 느낌이 들지 않았다. 그녀는 내가 진료 보는 동안 어질러진 내 방을 정리해놓았다. 사실 최선을 다하여 방을 깨끗이 청소한 건 비밀이다. 그녀에게 부끄럽지 않으려고 청소를 했는데 그녀는 마음에 안 들었는지 아니면 청소를 안 했다고 생각했는지 청소기로 청소까지 해놓고 물건 정리정돈을 마쳐 놓았다.

그녀는 청소하다 지쳤는지 새근새근 자고 있었다. 이것이 결혼생활의 행복일까. 일을 마치고 돌아왔을 때 사랑하는 아내가 집에서 기다리고 있는 모습. 행복할 것 같았다. 혼신의 힘을 다하려 했는지 머리를 뒤로 묶어 옆머리가 예쁘게 내려와 있었다. 한동안 바라보며 가슴 떨리는 상상을 했다.

반대편 신발장에는 그녀의 진주색 구두가 놓여 있었다. 나만의 방에 그녀의 신발이 놓이는 순간 남모르게 설렜다. 내 마음속에 그녀를 들여다 놓은 듯한 느낌이었다. 나는 그녀의 구두 옆에 내 구두를 가져다 놓았다. 그렇게 놓여있는 모습이 더 예뻤다. 설레는 장난을 하다가 그녀가 깼다.

그녀는 진료가 끝났냐고 물었고 아직 끝나지 않았다고 하자 조금만 더 힘내라고 말했다. 그녀는 항상 내 입장에서 말을 해주었다. 배고플 만도 한데 본인이 배고프다고 했으면 당장이라도 요리를 해줬을 텐데 내 진료시간을 걱정해주고 있었다. 나는 그녀의 마음을 당연히 알고 있었고 사랑스럽게 그녀를 안아줬다.

파스타는 내 섬 생활의 위로였다. 왠지 파스타를 해 먹으면 마음이 위로되는 것 같았다. 육지로 나올 때마다 나는 파스타 소스를 한 통씩 사서 들어갔다. 냉동 새우와 면만 삶으면 그럴 듯한 파스타가 완성되었다. 오늘은 그녀에게 토마토 파스타를 해주기로 했다. 도와주겠다는 걸 만류하고 누워있으라고 했다. 사실 간단해서 들키고 싶지 않았다. 면을 삶고 소스와 올리브유 그리고 새우를 넣고 살짝 볶아주면 끝났다.

"섬에 재료가 없어서 맛이 평범할 거야."
"괜찮아 오빠가 해주는 첫 요리잖아. 맛있게 먹을 거야."

그녀는 어쩜 말도 예쁘게 할까. 호로록 파스타가 넘어가는 소리가 났다. 사실 토마토소스가 맛이 없을 수가 없다. 요리를 못하는 나지만 어떻게 해야 기본은 하는지 알고 있었다. 그녀는 연신 맛있게 먹었다. 그녀와 나란히 앉아 먹으니 나도 맛있었다. 그녀가 섬에 온 이상 일을 시키고 싶지 않았다. 섬에 와준 것만 해도 얼마나 큰일인지 알고 있었기 때문이다. 설거지를 하겠다는 걸 또 막고 쉬고 있으라고 했다.

그녀가 온 날은 다행히 응급환자도 없었다. 오랜만에 저녁 시간을 조용히 그녀와 보낼 수 있었다. 침대에 나란히 반쯤 누워 같이 영화를 봤다. 서로의 온기가 이불 사이로 오고 갔다. 나는 매일 새벽마다 차가운 바닷바람에 덜덜 떨곤 했다. 그녀 하나 왔을 뿐인데 침대 속이 따뜻해졌다. 아마도 그녀가 바람막이를 해줬던 게 분명하다. 그녀의 손을 꼬옥 잡고 잠들었다. 그녀의 향기는 좋았다. 그 향기에 취했는지 나도 모르게 잠들었다. 그녀도 섬까지 오느라 수고가 많았다. 우리는 오랜만에 서로의 온기를 교환하며 따뜻하게 잠들었다.

참으로 아름다운 한여름 밤의 꿈이었다.

20
어머니의 명약이 필요해

- 뱃고동 소리

그녀와 하룻밤을 보내고 아침이 되었다. 밤새 응급환자는 없었다. 사실 매일 대기 상태로 잠을 잔다는 것은 굉장히 괴로웠다. 시끄러운 벨소리에 자다가 깨고 깜짝 놀라기를 반복했다. 비슷한 벨소리가 주위에서 나면 반사적으로 심장이 벌렁거렸다. 밤에 잠들면서 오늘만큼은 전화 한 통 없기를 바랐다.

그러나 여지없이 전화는 걸려온다. 9시부터 진료 시작이지만 7시부터 일어난 노인들은 궁금한 걸 전화로 쏟아내기 시작했다. 혹시라도 응급환자일 수 있으니 허투루 받지 않았다. 그녀가 깰까 봐 결국 밖으로 나왔다. 거칠게 하품을 하며 진료실로 내려왔다. 더벅머리와 주름진 가운 그리고 크록스 신은 모습이 영락없는 섬 의사였다.

여름은 해가 빨리 떴다. 일찍 내려왔음에도 많은 환자들이 기다리고 있었다. 아침같이 진료실을 온 사람들은 내 도움이 필요한 사람들이었다. 얼마나 아팠으면 아침같이 와서 기다리고 있었을까 하고 생각을 했다. 나를 필요로 하는 사람들이 있다는 것 자체에 뿌듯함을 느끼며 일을 하던 그때였다.

아침 진료를 마치고 방으로 올라왔다. J는 잠꾸러기였다. 전날 섬으로 들어온 게 무리였던지 시끄럽게 해도 좀처럼 일어나지 못했다. 평소에 잠이 많긴 했지만 이렇게 오래 자는 모습은 처음 봤다. 그녀의 긴 다리가 침대 바깥으로 튀어나와 있었다. 어느새 내 침대는 그녀의 것이 되어버렸다. 살포시 그녀의 발을 이불 속으로 집어넣고 조용히 내려왔다. 내 방 주위를 떠돌고 있었지만 행복했다. 그녀가 내 방에 있는 것만으로도 든든했다. 그 방의 주인은 J였다. 그녀의 진줏빛 구두코는 현관문을 향했다. 방의 일원이 되어 언제든 나갈 준비가 되어있다는 의미였

다. 구두의 방향이 달라지지 않고 계속 그렇게 머물러 있었으면
했다.

멀리서 뱃고동 소리가 들렸다. 어제 그녀가 들어올 때 났던
그 소리였다. 배가 접근하면 선장은 뱃고동 소리를 낸다. 섬에
있는 모든 차들이 항구로 간다. 사연은 다양하지만 섬에서는 가
장 설레는 순간이다. 마트에 떨어진 고기와 식료품이 채워지는
순간이고 무언가 고장 난 사람들에겐 AS 기사가 찾아오는 순간
이기도 했다. 이토록 고립된 섬에서 유일한 연결통로인 배는 모
든 섬사람들에게 설렘을 줬다. 나에게도 하나의 설렘을 줬다면
그것은 당연히 그녀 J였다.

- 섬 생활 내내 가장 힘들게 했던 환자

K. 그 사람은 섬 생활 내내 나를 힘들게 한 환자 중 한 명이
었다. 그 사람을 처음 만난 건 어느 날 새벽 3시였다. 자고 있는
도중 전화가 와서 깼고 그 사람은 지네에 물려 다리가 움직이지
않으니 와달라고 했다. 얼마나 아프면 그 시간에 전화할까 싶어
잠을 깨고 집으로 찾아갔다. 그 사람의 집은 대부분의 섬사람들

이 사는 지역과도 꽤 떨어진 곳이었다. 가로등 불 하나 없는 외 딴 지역으로 가는 게 조금은 무서웠다.

들어가는 집 또한 무서웠다. 언제 정리했는지 모를 집안 살 림. K는 거실에 누워 한쪽 다리를 쭉 펴고 있었다. 물린 다리를 보여주며 움직이지 않는다며 주사를 놔달라고 했다. 가져온 주 사 두 방을 놔주고 아침에도 호전이 안 되면 다시 찾아오라고 했다. 그는 자기를 물게 한 지네를 보여주며 이놈이라며 가리 켰다. 좀 더 제대로 봤어야 했는데 제대로 보지 않은 게 잘못이 었다.

또 며칠이 지났다. 자고 있었다. 새벽 3시에 또 전화가 걸려 왔다. K였다. 술 취한 목소리로 지네에 물려 팔이 아프다고 했 다. 지네 농장도 아니고 두 번이나 지네에 물린다는 건 말도 안 되는 것이었다. 정신을 바짝 차리고 그 사람 집으로 향했다. 혹 시나 무슨 일이 생길까 봐 경찰에 연락을 해둔 상태였다. 도착 하자마자 그 사람은 헬기를 불러 달라고 했다. 물렸다는 팔을 보니 물린 자국은커녕 붉은 반점도 없었다. 정말 아픈 것 맞냐 고 하니 맞다며 공격적으로 변했다. 그의 입에선 술 냄새가 진 동했다. 거실에는 초록병이 나뒹굴고 거실 한편에는 그동안 마서온 소주병들이 모여 있었다.

물린 지네를 가져오라고 했다. 그러자 당황한 듯 쓰레기통을 뒤졌다. 아프다던 팔이 기적처럼 나았다. 나는 명의임에 틀림없다. 자유자재로 쓰레기통을 흔들고 있었다. 아프다고 하지 않았냐고 말하자 당황하며 아픈데 선생님 때문에 뒤진다고 변명을 했다. 쓰레기통에서 꺼내 올린 지네는 죽은 지 몇 주는 지난 듯 굳어 있었다.

경고했다. "술 먹고 장난전화 하지 마세요." 그러자 쌍욕과 함께 내게 주먹을 날렸다. 소싯적 복싱을 배워본 적 없는 나는 가까스로 그 사람의 주먹을 피했다. 나는 그대로 집을 탈출하여 경찰서로 갔다. 그러나 밤늦게 들어오는 나를 경찰은 짜증스럽게 대했다. 이해는 갔다. 밤늦게 누군가 온다는 거 굉장한 스트레스였을 것이다. 상황 설명을 했다. 경찰은 듣는 둥 마는 둥 글을 작성했다. 경찰 신고 기록을 남겨주고 다음 날 해 뜨는 대로 조서를 작성하러 오겠다고 했다.

섬에서는 나를 보호해줄 수 있는 사람이 없었다. 내 몸은 스스로 보호해야겠다는 생각을 했다. 그러나 몇 주 뒤 일이 터지

고 말았다. K가 또 새벽 2시쯤 경찰과 보건소에 등장했다. 처음
에는 K인지 몰랐다가 얼굴을 보고서야 그 사람임을 알았다. K
는 어깨가 아파 헬기를 타야 한다며 경찰에 연락했고 경찰은 내
게 정말 헬기를 타야 하는 것인지 확인하기 위해 왔다고 했다.

"술주정하고 나타나지 말라고 말씀드렸죠?"

"나 아프다고 헬기 부르라고!!!!"

"당신이 호소하는 증상은 의학적으로 맞지도 않고 그런 사람
들 타라고 헬기 오는 거 아닙니다."

그 사람은 내 가슴팍에 주먹을 날렸다. 아팠다. 경찰들은 그
순간에도 도움이 되지 않았다. 반사적으로 내 팔을 잡고 말렸
다. K는 끌려 나갔다. 그 사람은 끌려 나가면서 몰래 와서 내 목
을 따버리겠단 말을 서슴지 않고 내뱉었다. 경찰도 돌아갔다.

방으로 돌아와 곰곰이 생각하는데 문득 무서워졌다. 언제
그 사람이 진료실에 몰래 와 칼로 나를 찌를지 모르는 것이었
다. '내가 왜 이런 대우를 받고 있는 걸까?' 경찰은 제대로 피해
자를 보호해 주지 않았고 환자를 도우려던 의사는 도리어 환자
에게 폭행당했다. 매번 TV에서 응급실 의사들이 폭행당한다는

뉴스가 나와도 나아지는 건 없었다. 그저 뉴스가 지나가면 그만이었다.

무섭긴 했지만 그래도 기분이 태도가 되지 않으려고 노력했다. 대다수의 섬사람들은 착하고 나를 존중해주는 사람들이었다. 이상한 사람을 대하며 얻은 감정은 끊어내는 것이 의사로서의 숙명이다. 어린 의사였던 내게 그런 경험들이 가르침을 주어 성숙한 의사가 될 수 있으리라 생각했다.

- 그녀의 앓이

그녀가 늦게 일어나는 것 같아 깨우려고 올라왔다. 해는 중천에 떴다. J야 일어나란 소리에 그녀는 뒤척이더니 일어나지 못했다. 뭔가 이상해서 얼굴을 보니 아파 보였다. 섬으로 들어오느라 무리했던 게 화근이었다. 그녀는 차가 없어 순천에서 이곳까지 버스로 힘겹게 들어왔다. 너무 미안했다. 혼자 행복해하던 순간들이 부끄러워졌다. 체력 좋은 J에게도 꽤 무리한 여정이었다.

일단 보건소에 있는 약을 처방해 그녀에게 먹였다. 뒤늦은 뱃멀미로 어지럼증까지 호소했다. 부디 큰 병이 아니길 바라며 그녀 옆에서 간호했다. 꽤 더운 오후였지만 그녀는 온몸을 심하게 떨었다.

외부 사람에게 섬은 매우 가혹했다. 섬은 그녀에게 호락호락하지 않았다. 다행히 열은 내리고 그녀의 컨디션이 회복되었다. 여전히 힘이 없어 보이는 그녀. 그녀를 위해 죽을 만들어 주기로 했다. 마트로 달려가 싱싱한 야채를 사고 집으로 돌아와 죽을 끓이기 시작했다.

한 번도 끓여 본 적 없는 죽. 어린 시절 아픈 나를 위해 새벽같이 죽을 쒀 주시던 어머니 생각을 했다. 어머니는 피곤하지 않으셨다. 내가 아플 때면 언제든 깨어 계실 정도로 건강하셨다. 어머니는 그런 줄 알았다. 뜨거운 죽을 호호 불어가며 내 입으로 넣어주시던 어머니. 다 먹고 나서 어머니 허벅지에 누워 앓는 소리를 냈다. 아파하는 내 모습을 보지 못하시며 뒤로 돌아 눈물을 훔치시던 어머니. 그때가 떠올랐다.

씹을 필요가 없을 정도로 죽을 끓여 그녀에게 가져갔다. 맛은 모르겠지만 정성껏 끓였다. 그녀는 아픈 상황에서도 웃음을 지어 보이며 맛있게 먹으려고 했다. 몇 수저 먹다 못 먹겠다며 누워버렸다. 그녀를 일으켜 엄마처럼 입에 죽을 가져다주었다.

엄마의 허벅지는 내 이마의 열을 식힐 정도로 차가웠다. 엄마 허벅지 사이로 부는 바람에 내 열도 식었고 어머니는 차가운 수건을 바꿔가며 온몸을 닦아주셨다. 그녀의 정성에 나는 아침이 되어 열이 뚝 떨어졌다. 그제야 어머니는 잠드셨다. 그녀의 얼굴에서 어머니의 모습이 보였다. 나를 간호해주던 어머니가 누워 계셨다. 내게 해주셨던 것만큼 어머니에게 간호를 해주고 싶었다.

그러나 그렇게 할 수 없었다. 달라진 것이 있다면 나는 의사가 되었다는 것이다. 열을 내릴 때 해열제만큼 좋은 게 없고 푹 쉬게 놔두는 게 상책이라는 것을 알고 있었다. 그걸 모르시는 어머니는 본인의 정성을 다해 치료하셨던 것이다. 그녀에게 죽을 먹이고 푹 쉴 수 있도록 조용히 방을 비켜주었다. 그녀가 낫기만을 기다렸다.

약으로 낫지 않는 병을 만날 때마다 가끔은 어머니의 명약이 생각났다. 어머니의 허벅지에 누우면 바로 낫진 않아도 결국엔 나았다. 왜냐하면 그녀는 나을 때까지 나를 간호해줬기 때문이다.

21
섬에 휴가철이 다가오다

- 휴가철 1

휴가철을 맞아 육지에서 많은 관광객들이 놀러 왔다. 관광객 입장에서 이 섬을 바라보면 꽤나 낭만적인 곳이었다. 내가 봐도 해변가의 낙조는 다른 곳과는 비교 불가였다. 저녁 6시 이후 조용해지는 해변가에선 파도 소리만 철썩철썩 들렸는데 온갖 소음에 길들여진 육지 사람들에겐 귀 정화의 시간이 되었다.

나도 휴가를 받아 육지에 나가면 적응이 되지 않았다. 떠드는 소리, 경적 소리 등이 들리지 않는 곳에서 살았기 때문이다.

선천적으로 앞을 볼 수 없는 사람이 안구 이식을 받고 세상을 보면 행복해질 거라 생각하지만 정작 이식을 받은 본인들의 삶의 만족도는 낮았다고 한다. 보고 싶지 않은 걸 안 볼 수 있었기 때문이다.

보건소를 찾는 사람의 절반이 관광객으로 채워졌다. 병원 하나 없는 섬에서 사고를 당했을 때 어딘가 의사 한 명이 자지 않고 대기한다는 건 그들에게 큰 희망이었을 것이다. 내가 섬에 있는 동안 이런 생각을 하면서 보람도 느낄 수 있었다. 난 큰 것을 바라지 않았다. 그저 나의 진료를 받고 감사함을 표하거나 고마운 눈길만 줘도 큰 보람을 갖고 일했다. 무례하거나 예의 없는 환자들을 만날 땐 어김없이 위기도 맞았다.

관광객들은 외부에서 고급(?)의 진료를 경험한 터라 섬에서도 비슷한 수준의 치료를 원했다. 섬 보건소는 기본 약제와 응급 상황에 쓸 수 있는 약 이외의 것은 갖추지 않는다. 육지 수준의 진료를 원했던 외부인들은 내게 불만을 드러냈고, 심지어 "그 수준이니 섬에서 의사나 하고 있지." 하는 말도 들었다. 어쩔 수 없었다. 몸이 아픈 사람들 이전에 마음이 아픈 경우가 많았다.

한번은 진료를 마치고 저녁 6시쯤 바로 잠들었다가 8시쯤 걸려오는 전화에 깼다. 어떤 할머니의 전화였는데 아기가 온몸에 발진이 나고 숨이 넘어가는 거 같다며 전화한 것이었다. Anaphylaxis(아나필락시스)를 의심하고 바로 해경선을 대기시켰다. 긴장하며 한 20분쯤 기다리고 있는데 진료실 문으로 걸어 들어오는 아기가 보였다. 내가 생각했던 모습이 아니었다. 같이 온 엄마가 말을 한다. "전신에 발진이 돋고 아기가 힘들어해요."

가만 보니 얼굴에 모기 물린 자국이 보였다. 아기는 그곳이 가려운지 긁을 뿐 온몸에 발진 같은 건 없었다. 당황해서 어디에 발진이 또 있냐고 물으니 성기 주위에 많이 났다고 했다. 내가 벗길 생각은 못했을까? 성기 주위를 좀 보자고 하니 당황했다. 결국 내 두 눈으로 아기의 몸에는 발진이 없음을 확인했다.

왜 거짓말을 했냐고 물으니 물파스가 없어서 약을 받아야 하는데 그럴 수 없으니 그랬단다. 멀리서 아기 아빠가 나를 째려보고 있었다. 침을 꼴딱 삼키며 저녁에는 중한 응급환자를 대기해야 해서 "이런 전화를 하시면 곤란합니다."라고 말하자 아기 아빠가 거들었다.

"의사면 모든 환자를 봐야 하는 거 아닙니까?"

"네 맞는데요. 모기 물린 걸로 진료 보려고 거짓말을 하지 않으셨습니까?"

"아니 아기가 모기에 물리면 온몸에 발진도 날 수 있는 거 아닙니까?"

"제가 시진하기에는 발진이 없는데요?

"…."

"아기가 혹시나 잘못될 수 있으니 오는 건 잘하셨는데 응급환자라고 말씀하시면 정말 심한 응급환자에게 피해가 갈 수 있습니다."

그걸 아는지 모르는지 아기는 내 진료실 여기저기를 뛰어다니며 재밌게 놀고 있었다. 방에 올라가서 내가 쓰던 물파스를 발라주었다. 시원한지 빙그레 웃던 아기에게 츄바춥스 사탕을 주었고 아빠와 함께 문을 나섰다. 마침 아기 아빠는 육지에서 들어온 해양경찰분들과 마주쳤는데 아주 황급히 달아났다. 어두운 바다를 뚫고 달려오신 해경분들께 죄송했다. 자초지종을 설명하고 진료실의 홍차를 타 드렸다. 여러 번 겪는 상황인지 그들도 한숨 쉬며 돌아갔다. 아기가 건강하게 돌아갔으니 이만하면 참 다행이었다.

- 휴가철 2

휴가철이면 낚시객들이 섬으로 많이 들어왔다. 서울에서 거리가 있다 보니 섬에 오면 며칠씩 머물다 가곤 했고 그러다 보니 진료실을 찾는 경우가 있었다. 그들이 진료실에 들어오는 경우는 무리하다 몸살이 나거나 아니면 낚싯바늘에 박혀 오는 경우였다. 나도 낚시를 좋아하다 보니 그들과 자연스레 조과 얘기를 하곤 했는데 진료실에 오는 낚시꾼치고 제대로 잡은 사람은 없었다.

낚싯바늘이 정말 깊숙이 박혀 오면 나도 도리가 없었다. 낚싯바늘 끝에는 갈고리가 있어서 임의로 빼다가 동맥을 건드리면 출혈이 심해질 수도 있다. 어느 정도 절개해서 뺄 수준이 아니면 그대로 꽁꽁 묶어서 육지로 보냈다.

어떤 낚시꾼은 가족과 같이 들어왔는데 지그헤드에 루어를 달고 캐스팅을 하다가 그대로 아이 손가락에 퍽 하고 꽂았다. 아이가 바다에 빠질 뻔한 걸 겨우 잡고 진료실로 끌고 온 아빠는 죄책감에 아이를 쳐다보지도 못했다. 아이의 손에는 빨간 루어가 꽂혀 반짝거렸다. 바로 뺄 수 있을 거라 생각했던 아이 엄마는 육지로 나가야 한다는 말에 신경질을 내며 아이 아빠를 쏘아붙였다. 꽂힌 부위가 움직이지 않게 반창고로 고정하고 여객선으로 나가보라고 말했다. 예민해진 아기 엄마는 그 불길을 나한테 던졌다. 왜 이곳에서 치료할 수 없느냐고 따졌다.

"섬 진료소에서 모든 걸 할 수 없습니다. 아이가 어떤 상태인지 볼 수 있는 장비나 기구도 없습니다. 제가 임의로 아이를 치료하려다 오히려 다치게 해서는 안 되지 않습니까?"

더 이상 할 말이 없었는지 아기 엄마는 아기 아빠에게 성질을 냈다. 아기 부모가 다투는 사이 아이는 손가락이 아픈지 연신 울었다. 울지 말라고 달래는 건 나였다. 얼마나 아팠을까? 엄마 아빠와 즐거운 시간을 보내려고 온 섬 여행이 악몽으로 남지 않았으면 했다.

문득 어릴 적 자주 가던 소아과에서 의사 선생님이 내게 준 피스톤이 생각났다. 그 피스톤을 갖고 있는 것만으로도 의사가 된 기분이었다. 물을 채워 목욕 때마다 가지고 놀았다. 그런 나를 엄마는 '꼬마 의사'라고 부르셨다. 이 섬이 아기에게 악몽으로 남지 않도록 도와주고 싶어 나도 같은 선물을 했다. 아기는 잘 치료 받았을지, 나처럼 피스톤을 가지고 잘 놀고 있을지 그리고 이 섬을 어떻게 생각하고 있을지 참 여러 가지가 궁금해진다.

- 오렌지를 보는 내 시선

J가 들어오고 이튿날. 내가 끓여준 죽과 약에 몸이 회복되는 듯했다. 그녀의 늘어진 몸을 보니 안쓰러웠다. 항상 건강하고 쾌활했던 그녀에게 어울리지 않는 모습이었다. 진료를 보면서도 계속 그녀가 신경 쓰였다. 호전되지 않는다면 육지로 나가는 게 좋을 것 같았다. 맘 같아선 내내 같이 있고 싶었지만 욕심인 것 같았다.

다시 방으로 올라왔을 때 그녀는 양말을 신고 침대에 기대 있었다. 내가 챙겨준 죽과 간호에 몸이 조금 나았다며 웃었다. 부르튼 입술과 퉁퉁 부은 눈을 보니 밤새 고생했을 그녀의 모습이 그려졌다. 나는 그것도 모르고 찬 바람을 막아준다며 좋아했다. 사람이 아프면 창백해진다. 심장은 우리 몸의 모든 곳으로 피를 뿜는데 특정 부위나 전신에 이상이 생기면 이상 부위로 피를 보내기 위해 쓸모없는 얼굴 동맥은 수축시킨다. 후방의 외부

침입자를 막기 위해 모든 군대가 후방으로 내려가 있는 상태와 비슷하다. 어쩔 수 없는 상황이지만 그녀의 창백해진 모습은 보기에 안쓰러웠다. 의사이지만 그때만큼은 그녀의 면역세포를 믿는 수밖에 없었다. 이불 속에 있는 그녀를 안아줬다. 축 처진 팔과 어깨가 내 어깨 위로 떨어졌다. 그녀에게 말했다.

"몸이 낫는 대로 집으로 가는 게 어때?"
"괜찮아."
"섬에 있다가 더 아프면 정말 위험하니까 푹 쉬었다가 다시 들어왔으면 좋겠는데…."
"오빠랑 있어야 나을 거 같아."

헛웃음이 나왔다. 하긴 의사 옆에 있어야 환자가 빨리 낫긴 할 것이다. 그녀에게 먹고 싶은 게 없냐고 묻자 오렌지가 먹고 싶다고 했다. 섬에 오렌지가 있을 리 만무했다. 제철 과일인 자두나 수박도 들어오자마자 섬사람들에게 팔려 나가는데 오렌지가 있을 리 없었다. 그러나 꼭 오렌지를 사다 주고 싶었다.

마트에 갔다. 역시나 오렌지는 없었다. 대신 콜드 오렌지 주스가 보였다. 정말 오렌지를 사다 주고 싶었지만 어쩔 수 없었다. 주인에게 돈을 내밀며 혹시 오렌지가 없냐고 물었다. 섬사람들이 오렌지를 먹지 않아 오렌지를 들여오지 않는다고 했다. 왜 그랬는지 모르겠는데 개인적으로 먹는 오렌지가 없냐고 물었다. 그러자 잠시만 기다려보라고 하더니 본인 냉장고에서 오렌지 두 개를 꺼내왔다. 자주 오는 의사 선생이라 그랬는지 신경 써주셨다.

"아니 오렌지가 왜 있어요?"
"섬사람들은 싫어하는데 내가 좋아하거든."
"이거 저한테 파세요."
"됐소. 의사 양반 나중에 가면 주사 한 방이나 놔주쇼."
"아닙니다. 여기 돈 내고 가겠습니다."

그녀가 얼마나 좋아할까? 좋아할 모습을 상상하며 진료실로 달려갔다. 콜드 주스와 오렌지 두 개를 안고 돌아가는 길이 얼마나 경쾌했던지 섬 바람을 타고 둥둥 진료실까지 날아갔다. 방에 도착하자마자 그녀에게 콜드 주스 한 잔을 따랐고 섬에는 오렌지가 없어 사 오지 못했다고 말했다. 그래도 오렌지 주스 중에 오렌지 함량이 가장 많은 콜드 주스라고 하니 그녀가 웃었다. 그러곤 주방으로 가서 오렌지를 정성껏 깠다. 혼자 먹는 거라면 막 까서 먹었겠지만 거금 만 원을 주고 사 온 오렌지였다. 정성스럽게 까서 접시에 올리곤 그녀에게 가져갔다.

그녀가 깜짝 놀라며 이게 뭐냐고 물었다. 슈퍼 주인이 먹던 걸 뺏어 왔다고 하니 빵 터졌다. 맞다. 주인이 먹고 있었으면 뺏어서라도 가져왔을 것이다. 그녀가 먹고 싶다고 한 걸 줄 수 있어서 행복했다. 왠지 오렌지를 먹이면 그녀가 싹 다 나을 것 같았다.

참 맛있게도 오렌지를 먹었다. 흰 부분이 질겨 맛은 덜했는데 그녀는 맛있게 먹었다. 그녀의 손은 노래지고 금세 얼굴이 붉어졌다. 오렌지인지 나인지 약인지는 모르나 무언가 그녀의 혈색을 좋게 만들었다.

오렌지. 나도 가끔 감기에 걸리면 사 먹는다. 백화점에서 사 먹는 오렌지가 섬에서 먹던 오렌지보다 훨씬 맛있을지 모르지만 효과는 덜했다. 우리 어머니처럼 밤새 간호는 못 해줬지만 그녀에게 오렌지를 사다 주려 한 노력이 가상해서 낫게 해 주신 건 아닐까. 의사이지만 가끔은 그런 정성의 힘을 믿는다. 그래서 환자를 볼 때마다 친절하고 정성을 다하려고 노력한다.

22
섬에 대한 기억

- 생각의 전환

만 원짜리 오렌지를 먹고 푹 쉰 그녀는 다음 날 아침 밝은 표정으로 깨어났다. 그녀는 아침마다 하는 루틴이 있었다. 발레리나였던 그녀는 아침마다 스트레칭을 했다. 일반인들이 하는 체조가 아닌 정말 찢기 그 자체였다. 다리를 사정없이 찢고 허리를 굽혀 얼굴을 바닥에 닿는 동작을 반복했다. 이전에 같이 스트레칭을 하고 싶다고 한 적이 있었다. 연애 초기 시절 나도 아침마다 스트레칭을 한다며 공통분모를 만들려던 게 화근이었다.

거짓말이었다. 우리는 마주 보고 앉아 발을 맞대고 스트레칭을 시작했는데 그녀가 내게 가까이 올수록 고통이 심해졌다. 괜히 아는 척했다가 몸이 사과처럼 쪼개질 뻔했다. 그녀의 바른 자세 또한 스트레칭에서 기인하는 듯했다. 그녀는 목선이 특히 아름다웠는데 평생을 공부만 한 거북이와는 다르게 곧게 뻗은 그녀의 목은 더욱 그녀가 날씬해 보이도록 했다. 뒤늦게서야 그녀의 추천을 받고 굽어버린 거북목을 교정했다.

여름날 바닷가는 불쾌했다. 늦더위가 기승을 부렸던 8월 중순. 해안가에 내리쬐는 햇빛은 해수 표면에서 많은 증기를 만들었다. 증기는 파도 바람에 의해 섬으로 유입되었고 내부는 온통 찜통으로 변했다. 그래서 바다를 구경하기 위해선 차가 필요했다. 그녀가 들어온다는 소식에 이번에는 차를 가지고 들어왔다. 그녀를 만나러 가다 퍼져버렸던 싼타페 CM. 요즘도 종종 구형 싼타페를 발견할 때마다 그때가 생각난다.

섬은 온통 내가 사색하던 장소였다. 일 때문에 힘들어서 노래를 들으며 걸었던 해변가, 그녀에게 보내주기 위해 찍었던 들꽃 밭, 힘든 일이 있어 정자에 앉아 기암절벽을 바라보던 능선까지 모든 곳들에 내 생각이 가득했다. 나는 그 장소에 생각 팻

말을 꽂아두고 다녔다. 하지만 계절이 바뀌면서 그곳들도 바뀌었다. 푸르른 잡초투성이가 되어버린 능선 속 내 고민 팻말은 어디론가 사라지고 없었다. 세찬 바람 속에 나부끼던 내 팻말은 어디론가 홀홀 사라져 버리고 없었다. 순간에는 감당할 수 없는 고민이라 생각해 이곳저곳에 심어 두고 여러 번 사색했지만 시간이 지나고 나니 아무렇지 않은 것이 되어버렸다.

시간이 해결해준다는 말로 위로를 받지만 고민 가득한 현재에는 아무런 도움이 되지 않는다. 위로한답시고 그런 말을 건네오면 오히려 내 마음을 이해하지 못한다는 인상을 지울 수 없다. 고민이 가득하면 스스로 더욱더 가두게 된다. 생각도 제자리에 머물고 이내 소용돌이를 치다 쾅 하고 한 점에서 부딪히는데 그것이 끝일 거라 생각한다.

그러나 그렇지 않다. 조금만 멀리서 보면 다르게 보인다. 소용돌이는 줄어들지 않고 커져 간다. 점으로 사라지는 것이 아니라 점에서 소용돌이가 생겨나는 것이다. 다시 나타난 그곳에는 아무런 팻말도 남아있지 않았고 그사이 풀들이 자라나 새로운 곳이 되어 있었다. 나는 그곳에 그녀와 좋은 기억의 팻말들을 심어놓기로 했다.

섬에서 구하기 어려운 아메리카노 두 잔을 준비했다. 진한 원액을 붓고 물을 따르니 맛있는 커피가 되었다. 능선에 차를 대고 유리를 통해 바다를 구경했다. 눈이 정화되는 시간. 파도의 파란색, 나무의 초록색, 하늘의 하얀색. 자연이 보여주는 색감은 마음을 평온하게 하며 인위적인 색깔에 지친 인간을 치유한다. 커피가 한 모금 넘어갈 때마다 감성이 짙어졌다. 눈이 정화되는 시간. 나는 아름다운 여자 친구를 바라보고 있었다. 나만을 의지해 섬까지 들어온 그녀에 애틋한 감정이 생겼다. 조용히 별말 없이 앞을 바라보고 잠시 등을 기댔는데 잠이 들었다. 내가 종종 하던 버릇이었다.

단잠을 깨운 건 다름 아닌 내 코 고는 소리였다. 순간적인 코 고는 소리에 안 깬 척 연기하며 실눈을 떴다. 자고 있던 내 모습을 조용히 보던 그녀. 들었을까…?

나는 평소에 코를 골지 않는다. 단지 불편한 의자 때문에 그녀 앞에서 생애 처음으로 코를 골고 말았다. 억울했다. 나는 코를 고는 그런 사람이 아닌데. 목젖을 당겨다가 목에다 붙여버리고 싶었다. 해가 지기 전 우리는 산을 내려왔고 낙조를 볼 새도 없이 해가 저물었다. 나는 또 그녀를 위해 요리를 해야 했다. 이번에는 어떤 맛있는 요리를 해줘야 할까?

- 저녁 만찬

섬에서도 기분 좋은 일들이 많았다. 사람은 누구나 좋은 기억보다 나쁜 기억을 오래 기억하고 깊게 기억한다. 나 또한 평범하고 좋은 기억이 다수였지만 그것들은 잠시 머리에 얹어졌다가 사라졌다. 나쁜 기억은 내 몸에 생채기를 만들고 오랫동안 딱지로 남아있었다. 나를 좋아해 주시던 할머니가 있었다. 그 할머니는 내가 섬에 들어오자마자 이쁘장하게 생겼다며 맛있는 걸 가져다주셨다. 섬에서 먹었던 싱싱한 해산물은 대부분 할머니가 주셨고 섬에서 먹기 힘든 육고기나 찌개 또한 할머니가 초대해주시는 저녁 만찬 때 먹을 수 있었다.

할머니는 한 달에 한 번씩 보건소 직원들을 초대해놓고 잔치를 여셨다. 매번 삼겹살을 기본으로 추가적으로 해산물을 이용한 매운탕이나 해물찜이 곁들여졌다. 섬에 온 초기에는 굳이 가서 먹어야 하나 하는 생각도 있었지만 섬 생활에 익숙해지고 나선 내 몸을 위해 할머니 집에 갔다. 할머니는 음식을 참 잘하셨다. 직접 만드신 김치와 장아찌도 일품이었다. 정말 맛있는 고기와 해물찜을 먹고 나서 일어나려는데 아직 남았다며 나를 막아서더니 고봉밥과 감자탕 한 솥을 가져오셨다.

"할머니 이걸 다 어떻게 먹어요^^"
"먹어, 젊으면 먹을 수 있어."

육지의 자식들이 있지만 자식들도 살기 바빠 자주 보지 못한다는 노부부. 우리가 자식 같았는지 먹는 내내 뒤에서 지켜보며 본인들은 거의 먹지 않았다. 배가 많이 불렀지만 남기면 할머니가 아쉬우실까 봐 입속으로 음식들을 밀어 넣었다. 평소에 음식을 가리지 않는 나는 맛있게 먹었지만 까탈스럽게 음식을 가리는 다른 직원들이 미웠다. 그만큼 내가 더 먹었다. 그래서 그런지 할머니는 유독 나를 좋아하셨고 돌아가는 길에 구워 먹으라며 냉동삼겹살을 주셨다. 이런 저녁 만찬은 내가 섬을 나오기 전까지 3번 정도 더 있었고 신세 지는 줄 알았지만 즐겁게 할머니 집에 들어갔다. 맛있게 먹고 나오는 모습이 할머니에게 드릴 수 있는 가장 큰 선물이라 생각했다.

섬을 떠나 가끔 그곳을 기억하면 여전히 안 좋은 기억도 많지만 안 좋은 기억의 희석 속도가 좋은 기억의 그것보다 몇 곱절은 빠른 것 같은 느낌이다. 섬에 대한 기억이 추가되지 않는 한 앞으로 머릿속에는 좋은 기억이 더 오래 기억될 것이다.

- S 선생님

S. 같이 나와 섬에서 근무를 선 선생님이었다. 섬은 24시간 당직근무를 해야 하기 때문에 최소 2인의 의사가 필요했다. 그렇게 해도 한 달에 300시간 넘게 일했다. 내가 받은 당직비는 한 달에 30만 원이 전부였지만 돈보다 중요한 게 사명감이라 생각했다.

부임 초기 처방과 진료에서 버벅대는 S가 적응하는 데 도움을 주기 위해 일하는 시간이 아닐 때도 같이 도와 일을 했다. 나라고 의술 경험이 많은 건 아니었지만 인턴 시절 응급실 당직도 서봤고 섬에서 많은 케이스들을 봤기 때문에 그보다 요령은 있을 거라 생각했다. 그 또한 나를 형으로 생각하고 잘 따랐고 서로에게 피해 주지 않는 선에서 최대한 서로가 도왔다. 반면 섬에서 거의 진료를 보지 않던 치과 선생이나 한방 선생과는 친해질 기회가 없었다.

사람이 죽어가는 순간 혼자 CPR(심폐소생술)을 하고 있었는데 반대편 진료실에서 뻔히 보고도 여자 친구와 전화하고 웹툰 보며 깔깔거리기 바빴던 치과 선생. 방에 있는 걸 좋아했던 한방 선생. 그들은 좋은 일 앞에선 다 같은 의사 선생님이라고 대우받길 바랐지만 정작 의사가 아니고 싶을 땐 Dentist와 therapist로 신분을 바꿨다. 그들 나름의 상황을 이해한다. 단지 전화 한 통만이라도 AED(자동 제세동기) 뚜껑만이라도 열어주는 도움을 줬더라도 내가 박하게 생각하진 않았을 것이다.

그런 일련의 일들을 경험하고 자연스레 한방 선생, 치과 선생과 멀어졌다. 사람을 살리는 의사로서 받은 충격 때문이었다. S와는 섬 내부의 응급 프로토콜을 만들며 더 큰 피해가 발생하지 않는 방법에 대해 논의했다. 누가 시켜서 한 건 아니었다. 섬에 일하러 온 이상 최선을 다하고 그들에게 해가 되지 않기 위한 우리의 사명감이었다. 이왕 하기로 한 거 최선을 다하자는 내 신조는 어쩌면 이때부터 시작된 게 아닌가 싶기도 하다.

23
섬에서 경험한 태풍

- 섬에서 처음 경험한 태풍

태풍. 섬사람들에겐 겪고 싶지 않은 자연재해이다. 파도가 높아지면 섬은 고립된다. 예전처럼 물이나 전기가 끊어질 걱정은 하지 않지만 마트의 식음료는 줄어들고 장기간 배가 뜨지 않으면 전쟁통처럼 마트가 텅 빈다. 그런 이유로 섬사람들은 냉장고나 창고에 일주일 정도의 음식 재료를 구비해둔다.

나는 그 사실을 몰랐고 진료실에 온 할머니를 통해 알게 되었다. 물론 섬을 나갈 때마다 파스타 등 몇몇 재료를 사 오긴 했지만 가져오는 데 한계가 있어 일주일이면 모두 다 먹었다. 비상식량이라곤 고추참치 한 박스와 3분 카레 박스가 전부였다. 그러나 그것들은 웬만해선 꺼내놓고 싶지 않았다.

8월 말. 예년과 다르게 연속적으로 태풍이 오고 있었다. 태풍이 접근하면 먼바다부터 파도가 높아져 연안까지 이어졌다. 그렇기에 태풍이 정확히 관통하지 않는다 하여도 배는 뜨지 않았다. 그러한 태풍이 두세 개 연속으로 오면 최소 2~3주 정도는 섬에서 고립되었다. 그러한 상황이 실제로 내게 찾아왔다. 다음 날 섬을 나가기 위해 짐을 열심히 꾸리며 기상 상황을 찾아봤는데 예상되는 파고와 바람의 세기로 보아 취소될 가능성이 컸다.

3일 뒤 태풍이 상륙할 예정이었다. 창문 앞 나뭇가지가 심하게 흔들렸다. 그 나뭇가지가 흔들리는 날에는 배가 뜨지 않았다. 앞으로 바람의 세기가 세질 것을 생각하면 내일 나가지 못하는 건 확정적이었다. 새벽부터 배를 기다리던 많은 사람들이 집으로 돌아갔다. 그날 배는 취소되었고 나는 예정에 없던 진료를 시작했다. 또한 이날은 J가 섬에 들어온 지 일주일 되는 날이었다. 처음엔 사랑하는 사람과 섬에서 지낼 생각에 들떴겠지만 점차 지겨워지고 약간은 버거워 보였다. 섬은 순간순간은 아름답고 평화로웠지만 육지에서만 살던 사람에게 섬에서 한 달만 살아보라고 하면 아마 많은 수가 포기하고 돌아갈지도 모른다.

J도 사면초가였다. 일주일이나 집을 나간 딸을 걱정하는 어머니. 차마 섬에 들어왔단 말은 못하고 뺑 둘러 얘기했지만 당장 오라 하여도 갈 수 없는 본인의 처지에 대해서 어떻게 설명해야 할지 난감해 보였다. 섬은 도망칠 수가 없다. 사랑하는 사람을 놓치고 싶지 않다면 섬에 들어가야 하는 이유이다. 그녀는 구직으로 바쁘다며 애써 둘러대고 끊었다.

문제는 지금부터였다. 태풍이 연달아 올 예정이었고 그걸 감안했을 때 최소 2주 정도밖에 나가지 못할 수 있었다. 그녀도 일주일 기간을 정해놓고 들어온 터라 육지에서 구입해야 할 것들이 있었고 부모님에게 계속 거짓말하는 것도 걸리는 눈치였다. 나도 이런 상황은 처음이라 적잖이 당황했다. 또 하나의 문제가 있었다. 태풍이 오면 섬은 무방비 상태로 바람과 파도가 밀어붙였다. 그로 인해 건물 밖으로 나가는 것은 위험하므로 얼마간의 음식은 필요할 것 같았다. 마트를 찾았다. 아니 웬걸. 그 흔한 야채 하나 남질 않았고 남아있는 음식이라곤 떡볶이, 레토

르트, 과자, 음료수가 전부였다. 당황했다. 인생에서 한 번 겪을까 말까 한 상황에 동공 지진이 왔다. 그녀에게 "너와 같이 있으면 이슬만 먹고도 살 수 있어."라고 말했었다.

하지만 인생은 현실이다. 이슬만 먹어도 될 때에는 배가 정말 불렀었다. 정작 배가 고파지자 음식이 필요했다. 내 방에는 카레와 참치뿐이었고 일단은 그것을 먹는다 하여도 다른 먹을거리가 필요했다. 어쨌든 한 이틀을 카레와 참치로 버텼다. 여전히 짙은 안개와 파도로 배는 뜨지 못했고 그녀와 나는 인도 사람이 된 것 같았다. 매 끼니를 카레와 참치만 먹다 보니 몸에서 인도 사람 냄새가 났다. 사놓을 거면 카레도 여러 종류를 사놓지 가장 맛없는 3분 기본 카레만 사놓아서 더 이상 물려서 먹지도 못했다. 인도에는 300여 가지가 넘는 카레가 있다고 한다. 왜 그런지 알 것 같았다.

- 할머니

그녀에게 몹쓸 짓을 하는 것 같아 다른 방안을 생각해봤다. 그러던 차에 할머니가 생각났다. 나를 좋아해 주시던 할머니.

그 할머니라면 왠지 내게 도움을 주실 것 같았다. 할머니는 마침 진료실에서 멀지 않은 곳에 살고 계셨다. 고추밭과 배추밭에서 맘껏 따서 먹으라던 그런 분이었다. 할머니를 찾아가서 자초지종을 설명드리니 막 웃으셨다. 육지에서 갓 들어온 청년이 태풍 때문에 고생하는 모습을 보니 귀여우셨나 보다. 할머니 냉동실에 항상 냉동 삼겹살이 가득한 이유를 이제야 알게 되었다. 몇십 년간 사시면서 체득한 지혜였다.

저녁을 같이 먹자며 바닥에 신문지를 펼치셨다. 여자 친구가 있다고 하니 데려오라고 하셨다. 신문지 위에는 내가 좋아하는 두릅나물을 포함해 여러 나물이 놓였고 중앙에는 고기 불판이 놓였다. 그녀도 오랜만에 먹는 고기에 설레 보였다. 할머니와 이것저것 얘기를 하며 밥을 먹기 시작했다. 할머니는 계절별로 섬에서 어떻게 대처해야 하는지 알려주셨다.

봄과 가을엔 일교차로 안개가 심해 배가 못 뜨는 날이 많으니 음식을 제때 사놓는 게 중요하고 태풍철엔 밖에 나가지 않아야 한다고 알려주셨다. 노부부는 이 섬에서 산 지 50년이 넘었다고 했다. 할아버지의 고향인 이 섬으로 들어온 후 한 번도 나가지 않고 사셨다고. 그러니 섬에서 사는 지혜에 관해선 귀담아

듣지 않을 이유가 없었다. 여러 이야기들에 감사드리며 밥도 맛
있게 먹었다.

그녀는 항상 복스럽게 밥을 먹었다. 기본적으로 몸에 근육이
많아서인지 그렇게 먹어도 살이 잘 찌지 않았다. 그녀는 전라도
출신이었다. 동향 사람을 만나자 그녀의 진가가 발휘되기 시작
했다. 내 앞에선 단 한 번도 사투리를 쓰지 않았는데 그렇게 구
수한 된장찌개 같은 사투리를 쓸 줄은 몰랐다. 할머니는 여자
제대로 만났다며 내 등을 탁 치셨다.

"결혼할꺼여 선생? 내 손녀 소개시켜줘야는디 이런 처자를
데꼬 와부러써."
"..."

결혼. 생각해보지 않은 건 아니었지만 어색해질까 봐 딱히
꺼내지 않았던 단어였다. 그녀의 나이도 어느 정도 찼고 나도
30에 들어선 이상 아에 생각하지 않을 수도 없었다. 약간은 무
거워진 가슴과 배를 들어 올리며 할머니 집을 나왔다. 오랜만
에 포식을 시켜주신 할머니에게 감사드렸다. 언제든 밥 먹고
싶으면 오라는 말에 여자 친구의 눈가에 눈물이 찼다. 돌아가

신 할머니 같다며 그 할머니 집에서 설거지하는 모습도 참 보기 좋았다.

우리는 매일 밤마다 스트레칭을 했고 쪼개질 것 같던 내 몸도 점차 유연해지기 시작했다. 태풍 때문에 나가지 못했지만 그래도 그녀와 한방에 있는 게 좋았다. 그녀와 발을 맞대던 순간, 따뜻한 그녀의 발 온기가 내게 옮겨지던 순간. 지금도 사랑스럽게 느껴지는 순간이다. 그녀의 멈춰버린 진줏빛 구두는 처음 그대로 그 자리에 놓여 있었고 앞으로도 내 삼선 슬리퍼만 신었으면 좋겠다 생각했다.

결혼. 그것에 대해 생각하지 않을 수 없었다.

24
돌팔이 으사

- 단체 관광객

8월 말. 섬에는 여전히 뜨거운 햇빛이 내리쬐고 있었다. 가끔은 생명의 위협을 느낄 정도여서 진료실 밖을 나갈 생각도 하지 않았다. 더운 날은 열사병 환자가 발생할 정도로 그해 8월은 무더웠다. 진료실 바깥으로는 여러 밭이 보였다. 아랍 사람처럼 얼굴을 두르고 나온 노부부들은 새벽같이 밭일을 하다가 더워지기 직전 집으로 들어갔다. 도시에서만 살았던 내게는 흥미로운 점이었다. 도시 사람들은 더워질 때 나와 낮에 열심히 일하는 반면 그들은 낮에 자고 새벽과 오후 늦게 일했다.

또한 계절마다 밭의 수확물이 바뀌었다. 1년 내내 밭에서는 똑같은 농작물만 나올 거라 생각했는데 그렇지 않았다. 계절별로 자라는 농작물이 있고 그것들을 잘 배분하여 심고 수확하였다. 마치 맞추기라도 한 듯 모든 밭 마지기가 비슷하게 진행되었다. 나는 으사 선생이라는 지위 덕(?)에 계절별로 바뀌는 농작물들을 무료로 먹을 수 있었다.

무더움이 조금씩 나아질 무렵이면 유행하는 질병이 있었다. 바로 식중독이다. 특히 바다에 인접한 마을의 경우 해산물 관리 상태에 따라 식중독이 마을 단위로 나기도 했다. 여름이면 육지에서 관광객들이 무더기로 들어와 섬에서 등산을 하거나 아니면 바다를 구경하곤 했다. 그 수는 어림잡아도 하루에 200명은 넘어 보였다.

여느 때처럼 진료를 보고 있었다. 비슷한 복장을 한 50대 남녀 여럿이 무더기로 진료실로 들어왔다. 처음에는 화장실을 쓰러 들어오나 생각했는데 간호사에게 하는 말을 들어보니 뭔가 잘못돼도 한참 잘못됐다는 느낌이 들었다. 관광객들은 섬으로 들어오기 전 항구에서 단체로 회를 먹었고 많은 수가 복통 및 구토 증세를 호소하고 있었다.

식중독은 크게 감염성 식중독과 비감염성 식중독으로 구분된다. 감염성 식중독은 비감염성에 비해 음식 섭취부터 증세까지 상대적으로 시간이 오래 걸리며 겉으로 봐도 더 심각한 증상을 호소한다. 대개 4시간을 기준으로 잡는데 이 관광객들은 식사한 지 4시간이 지나지 않은 걸로 보아 비감염성 식중독이 의심되었다.

또 하나 감별해야 하는 질병이 있는데 바로 기생충 감염이었다. 기생충에 감염됐다 하더라도 급성기적으로 복통을 호소하는 경우는 거의 없다. 그러나 이 경우 기생충 감염을 의심해야 하는 이유는 바로 그들이 광어회를 먹었기 때문이다. 광어에는 다른 생선과 다른 특이한 기생충이 사는데 바로 쿠도아충이다. 쿠도아충은 다른 기생충과 다르게 급성기적으로 복통을 유발하고 심하면 구토, 구역, 쇼크 증세까지 만든다.

처음에는 세네 명이 진료실에 들어오더니 점차 차에서 내리는 인원들이 많아지며 진료실 바깥에는 어림잡아 30명이 넘는 관광객들이 인상을 찌푸리며 기다리고 있었다. 섬 공보의로 일하면 한 번쯤 경험한다는 단체 관광객 방문 사건이다. 그러나 많은 약을 가지고 있지 않아 개별적으로 맞는 약을 주고 싶어도 그럴 수 없었다. 그것에 불만을 가진 사람들이 항의하긴 했지만 그것은 우리의 잘못이 아니었다. 빠른 시간 안에 섬을 나가 제대로 된 치료를 받을 것을 권유하였으나 그들은 섬까지 들어온 수고가 아까웠는지 결국 섬을 나가지 않았다. 운이 좋아 별일이 생기지는 않았지만 나는 그들이 섬을 나가는 순간까지 긴장을 놓을 수 없었다. 혹시나 상태가 안 좋아지면 꼭 연락 달라고 일렀다.

육지에서 온 사람들은 약 처방 = 치료라고 생각하는 사람들이 많았다. 잘나가는 육지 병원들은 그럴지 모른다. 좋은 검사 장비를 놓고 진단하여 좋은 약을 쓸 수 있기 때문이다. 그러나 이곳은 섬의 조그마한 진료실이다. 대증요법으로 시간만 벌었을 뿐이었다. 치료가 아니라 하여도 그들은 마치 치료가 된 듯 좋아하며 섬에서 하루를 더 머물렀다.

그들에게는 내가 어쩌면 명의로 기억될지도 모른다. 나는 무려 손으로 배도 만져보지 않고 처방한 약으로 그들을 행복하게 만들었으니까….

- 명의와 돌팔이

사람들이 말하는 명의는 과연 어떤 의사일까? 검사장비 없이 직관적으로 환자의 질병을 파악하는 의사? 아니면 치료에 탁월한 노하우를 가지고 있는 의사? 기술뿐만 아니라 좋은 인성을 갖춘 의사? 아니면 나를 빨리 낫게 해주는 의사? 의사로서 짧은 인생을 살면서 느낀 점은 스스로 생각하는 명의와 환자가 생각하는 명의에 매우 큰 차이가 있다는 것이었다.

A라는 환자가 복통이라는 주소로 내원했다고 하자. 복통을 유발할 수 있는 원인에는 여러 가지가 있을 수 있다. 그 이유를 1~10번이라고 해 보자. 1부터 10까지의 질병은 생명에 위협을 주지 않는 단순 장염에서부터 대장암까지 다양할 수 있다. 의사가 먼저 해야 할 작업은 바로 이것이다. 이것을 감별진단이라한다.

1~10까지의 감별진단은 각각의 특이 소견들이 있다. 단순 장염이라면 열은 나지 않을 것이고 대장암이라면 최근에 체중이 빠졌거나 변 습관에 변화가 생겼을 가능성이 있다. 이것은 오로지 환자와의 대화로써만 파악하는 것이다. 환자와의 면담

이 끝나면 1~10까지의 감별진단 중에 3가지 정도로 요약할 수 있을 것이다. 하지만 질병이라는 것은 비특이적 증상도 동반하는 것이기에 나머지를 완전히 배제해서는 안 된다. 그렇기에 여기서 필요한 것이 신체검진과 첨단 검사 장비이다.

많은 환자들은 본인의 증상에 대해 낙관적으로 생각하는 반면 의사는 비관적으로 접근한다. 그 이유는 당연하다. 내게 무서운 질병이 올 리 없다고 생각하는 것은 인간의 본능이기 때문이다. 반면 비극적인 상황은 1%라 하더라도 크게 느껴진다. 당연히 많은 비극적인 상황을 보았을 의사가 비관적으로 접근하는 것은 당연하다. 이러한 접근 성향의 차이로 인해 환자와 의사 간의 충돌이 생긴다.

먼저 의사의 입장이다. 3개로 요약된 감별진단에 대해 완벽한 진단을 내리기 위해선 추가적인 검사가 필요하고 추가적인 검사로도 애매할 경우 고급의 장비를 이용하여 감별해야 한다. 혹시나 고급 장비를 동원하지 않고 판단하여 치료하였다가 큰 병이 생길 경우 환자와 의사 모두 곤란해질 수 있다. 그렇기에 의사는 최종 진단을 확정하기 전까지 필요한 검사는 진행해야 한다. 아무렇지 않은 병이었다 하더라도 환자에게 그러한 증상이 나타난 이유를 최종적으로 밝혀줬기에 쓸데없는 것이 아니라 다행이라 생각한다.

다음은 환자의 입장이다. 대개 명의는 많은 검사 없이 바로 밝혀내고 나를 귀찮게 하지 않고도 척척 약을 처방해줄 것이라 생각한다. 쓸데없이 많은 검사를 강요하는 의사에게 불만을 갖는 것은 당연하다. CT를 찍었는데 또다시 MRI를 찍자는 의사 선생. 그럴 거면 처음부터 MRI를 찍자고 하지 왜 CT를 찍자 했을까? 그렇게 해서 나온 최종 진단은 큰 병도 아니었다. 환자는 아무렇지 않은 병에 헛돈만 썼다. 많은 검사를 강요한 의사를 돌팔이라 생각한다.

짧은 의사 인생이지만 많은 환자에게 어떤 의사가 명의냐고 물으면 대개 본인의 답답한 증상을 빨리 없애주는 의사라고 말한다. 복통을 빠르게 호전시켜주는 의사. 환자 입장에선 힘든 것을 바로 없애주니 고맙게 느껴질 만도 할 것 같다. 하지만 이 사실엔 맹점이 있다. 의사가 감별진단에 대해 더 이상 고민하지 않고 여러 이유에 대한 복합치료를 처방해서 빨리 낫게 해 버리는 것이다. 실제 이렇게 처방을 하면 환자들의 순응도가 굉장히 올라가고 병원을 재방문하는 비율도 높아진다. 또한, 환자 입장에서도 빨리 낫게 되니 좋은 병원을 발견했다고 생각할 수도 있다. 그러나 과연 진정한 의미에서의 치료일까?

나는 여전히 그것이 진정한 의미의 치료라 생각하지 않고 소신을 지켜 진료를 보려고 한다. 그것이 진정 환자를 위하는 길이라 생각하기 때문이다. 그러나 가끔 내 소신에 대해 돌팔이라고 매도하며 불만을 제기하는 환자들을 대할 때마다 고민이 된다. 왜 내가 스트레스를 받으며 그런 고민을 하고 있는 걸까? 환자가 제일 원하는 걸 그냥 해결해주기만 하면 되는 거 아닐까?

돌팔이와 명의는 한 끗 차이라고 생각한다. 나 스스로가 명의가 되길 포기하면 된다. 편하게 환자에게 처방하고 환자 입장에서의 명의가 된다면 모두가 행복해진다. 다만 아직도 남아있는 의사로서의 사명감이 환자에게 돌팔이가 되도록 강요한다. 나는 돌팔이가 되어야 하는 걸까 명의가 되어야 하는 걸까? 그 미묘한 갈등 속에서 나는 여전히 고민 중이다.

- 진줏빛 구두

섬에서 지내는 동안 제일 좋아하던 순간은 꿈꾸는 순간이었다. 섬사람들에게 상처받은 마음을 잠시나마 잊을 수 있는 시간이자 하고 싶었던 것들을 맘껏 할 수 있는 시간이었다. 맞다. 꿈꾸는 시간은 내가 회복하는 시간이었다. 힘든 시기에는 꿈꾸는 순간을 매우 고대했다. 그 시간이 빨리 오기를 바라며 침대에 누워 그 순간이 임박하면 의식할 새도 없이 꿈의 동산으로 빠져들었다가 마치 몇 분 만에 깨어난 듯 긴 시간을 자고 일어났다. 힘들수록 그 순간은 더 짧게 느껴졌는데 그만큼 내가 회복하는 데 많은 에너지가 필요했던 것 같다. 그사이에 무슨 일이 일어났는지는 전혀 기억하지 못했다. 의식 생활 중에 바빠 해결하지 못한 무의식의 숙제들을 풀어내야 했을 것이다. 그래서 힘든 시기에는 그 순간이 그리웠고 그 또한 빠르게 지나갔다.

하지만 그녀가 들어오고 나서부턴 꿈꾸는 순간이 마냥 그립진 않았다. 나는 의식 생활 중에도 그녀 옆에서 위로받았다. 그녀와 함께하는 저녁 식사는 단순히 배를 채우는 시간이 아니었다. 서로의 미소를 교환하고 또 그 미소에 미소를 짓는 미소의 향연이었다. 좁은 밥상에 양반다리를 하고 바짝 붙어 앉아 같이 밥을 먹었다. 멀리 있는 반찬을 먹으려다 상이 기울기도 하고 그녀의 옷깃에 내 몸이 스치기도 했다. 나는 그런 시끄러운 저녁 식사가 참 좋았다. 이후에도 나는 큰 밥상을 사지 않았고 좁은 밥상을 고수하며 그곳에서 밥을 먹었다.

　태풍이 지나가고 그녀도 섬을 나가야 할 때가 되었다. 예정보다 늦어버렸지만 나는 매우 좋았고 아마 그녀도 좋았으리라 생각했다. 신발장에 놓여있던 그녀의 예쁜 진줏빛 구두가 사라졌다. 그 구두가 그 자리에 머물러 있는 동안은 멀리 빛나는 달빛처럼 내 방을 밝게 비추어주었다. 하지만 그녀가 두 번째로 그 구두를 신는 순간 가슴이 철렁하고 내려앉았다. 그녀는 이곳에 있는 동안 닳아버린 내 삼선 슬리퍼를 신고 다녔다. 그 구두는 다시 제자리를 찾아가 그녀에게서 빛나고 있었다. 내 마음과는 다르게 멀어지는 그녀의 뒷모습. 멀리서 예쁜 구두가 반짝거렸다. 그렇게 그녀는 오랜만에 순천의 집으로 돌아갔다. 그녀가 떠난 이후 거짓말같이 무더위는 사라졌고 가을이 찾아왔다. 마음 한편이 시릴 때면 신발장에 놓여있던 그녀의 구두가 생각났다.

　그 구두만큼은 계속 그 자리에 머물러 있었으면 했다.

25
차가워진 내 방

- 차디찬 방

　그녀가 떠나버린 내 방. 하루하루 지날수록 어질러진 흔적이 쌓여갔다. 평상시처럼 치운다고 치웠지만 그녀가 있을 때만큼 깨끗하게 유지되지 않았고 사소한 이부자리마저 널브러지기 시작했다. 매일 맛있는 음식을 준비하던 주방이 어느 순간 차갑게 식어버렸고 이따금 한 번씩 먹는 시리얼 그릇만 설거지통에 쌓였다. 그녀에게서 은은하게 나던 향기도 더 이상 맡을 수 없었고 퀴퀴한 남정네 냄새로 방이 채워지고 있었다.

그녀는 순천으로 떠난 뒤 구직을 했고 운 좋게 집 주위 병원
에 취직했다. 대학병원만큼 힘든 곳은 아니었으나 간호사의 삶
이 순탄하지 않음을 알기에 걱정이 됐다. 그녀는 괜찮다며 오빠
의 부담을 덜어줄 거라며 씩씩하게 출근했다. 우리는 붙어있을
때도 병원. 떨어져 있을 때도 병원. 우리는 병원에서 시작해서
죽을 때까지 병원에 있을 운명이었다. 그녀도 출근한 지 2주 정
도 되었고 나도 홀로 섬에서 일한 지 3주쯤 되었을 무렵, 추석이
찾아왔다.

S 선생과의 업무 분담도 한결 수월해졌다. 초반에 내가 도움
을 많이 준 만큼 나를 많이 도와주었고 이따금 맥주를 마시며
하루를 보냈다. S와 같이 일하는 동안 기억나는 사건이 있다.
섬에서 두 명이 치고받고 싸우다 한 명이 소주병으로 머리를 내
리쳐 다른 한 명은 머리가 찢어지고 내리친 사람은 손바닥이 찢
어져서 왔다. 먼저 찾아온 머리 찢어진 사람을 S 선생이 응급 처
치하고 해경정으로 육지로 나간 사이 손바닥이 찢어진 두 번째
사람이 찾아왔다.

"나 좀 꼬매 주쇼."

"왜 찢어지신 거예요?"

"친구랑 싸우다가 소주병을 내려까부럿소."

난 그날 비번이었다가 갑자기 찾아온 환자 덕분에 S 선생이 육지로 나간 것도 알게 되었다. 이런 이유로 섬에는 의사가 두 명씩 배치되어 있다. 급한 대로 손바닥에 에피네프린 앰플을 까서 지혈하고 찢어진 부위를 봉합했다. 해경정을 기다렸다. 이미 나가 있는 해경정이 다시 돌아오려면 한 시간 정도가 필요했다. 20분 정도 지났을 무렵이었다.

"이 선상이 섬사람이라고 무시하나?"

"네?"

"왜 나보다 그 사람을 먼저 육지로 보내는 거요? 섬사람이라고 무시하요?"

"아니 그게 아니라 머리 찢어진 분이 먼저 오셨으니 먼저 보내는 게 맞죠."

"그러니까 나 무시하냐고."

술에 취한 사람과 더 이상 정상적인 대화는 불가능했다. 붉어져 오는 손바닥을 노력해서 지혈하고 싶어도 그 사람이 하는 꼬락서니를 보면 내버려 두고 싶어졌다. 그럼에도 어쩔 수 없는 의사라 욕을 들으면서도 다시 한번 압박하여 지혈했고 그 남자는 아픈 내색 없이 내게 불만만 계속 쏟아냈다. 술은 정말 대단한 진통제임에 틀림없다.

한 시간 뒤 그 사람을 해경정으로 보내고 진료실로 돌아왔다. 하마터면 S 선생이 곤란해질 뻔했다. 만약 내가 섬에 없었다면 뒤에 온 환자가 무슨 난동을 부렸을지 상상도 하기 싫었다. 다음 날 모텔에서 자고 들어온 S가 실소를 하며 들어왔다. 지갑도 없이 나간 S는 아침도 먹지 못하고 진료시간을 맞추기 위해 허겁지겁 달려왔다.

원래 이날은 내가 섬을 나가는 날이었다. 하지만 밤 동안 고생하고 꼭두새벽에 일어나 섬까지 들어온 S에게 진료를 하라고 할 수 없었다. 나는 곰곰이 생각하다가 오전 동안 내가 진료를 볼 테니 한숨 자고 오라고 말했다. 생각지 못한 수면시간을 얻은 S는 너무나 행복해 보였다. 내가 반년간 섬에서 일하며 그러한 일들이 얼마나 힘들지 알기에 이런 도움이라도 주고 싶었다. 작지만 위로가 되길 바랐다. 휴가는 하루 줄었지만 돈 들이지 않고 선물을 했으니 나도 좋은 일이었다. 아차, J와의 약속이 있었지…?

- 신이 찍어놓았을 사진

그녀가 섬을 나간 지 2주 만에 육지에서 보는 날이었다. 전날의 해프닝으로 하루 더 섬에 있게 되었고 그녀와의 약속도 미뤘다. 나올 줄만 알았던 내가 나오지 않아 그녀가 조금 화가 난 것 같았다. 내가 내일 나가더라도 그녀를 볼 수 있는 시간은 이틀에 불과했다. 그녀 또한 주말 근무가 있었기에 나와의 시간이 소중했다. 나도 소중했다. 다만 이런 일이 그녀를 만나기 전에 생길 줄은 전혀 몰랐다.

추석을 앞둔 주말이었다. S와의 교대일을 추석 당일로 해놓고 추석 전날까지 쉬고 들어오기로 했다. 무사히 배는 떴고 나는 곧장 차를 몰고 순천으로 달려갔다. 예전에 퍼져버렸던 고개가 보였다. 언덕을 올라갈 때는 액셀을 살살 밟았다. 그러면 직선 주행에서 놀라운 가속을 보여주던 친구였다. 섬과 순천을 오고 가던 싼타페도 참 고생 많이 했다.

그녀의 퇴근 시간에 맞춰 카페에서 기다리고 있었다. 오랜만에 보는 그녀의 모습이 너무 기대됐다. 뜨거운 커피를 입에 한모금 머금고 그녀 생각을 했다. 뜨거운 커피가 식어서 식도로 내려도 될 때쯤 내려보내고 다시 마시길 반복했다. 물레방아처럼 행동을 반복해야 그녀를 기다리는 시간이 지루하지 않았다. 커피를 다 마시고 손이 할 일이 없어져 책상을 두드리고 무슨 일을 하는 척 전화기를 만지작거려도 시간은 흐르지 않았다. 6시 반부터 7시 사이는 시계가 느리게 가는 게 분명하다.

그녀는 퇴근 시간보다 30분 늦게 병원을 나왔다. 병원에서 일하는 사람에겐 으레 있는 일이었다. 힘들 만도 할 텐데 힘든 기색 없이 웃으며 나오는 그녀가 멋있어 보였다. 근무 중에도 그런 모습이 있었지만 그녀가 병원을 나와서도 이런 모습을 보여주면 멋있었다.

역시 그녀는 예뻤다. 힘들든, 바쁘든, 갑자기 나오든, 꾸미든 그녀는 아름다웠다. 2주 내내 그녀와 지내다가 떨어져 지내서인지 더 설렜다. 병원에서 나오는 그녀의 손을 딱 하고 잡았다. 예전 대학병원 때가 생각났다. 그때는 그녀를 마주쳐도 할 수 있는 게 윙크뿐이었다. 병원의 말단 직원 간의 밀애였다. 마스크 사이로 보이던 그녀의 모습은 지금이나 별반 다르지 않았다. 나는 시력이 좋지 않지만 그 순간만큼은 제대로 된 투시력을 발휘했다. 화장기 없는 그녀의 모습은 예쁜데도 자기를 처다

보지 말라며 팔로 얼굴을 막았다. 그러는 모습조차 사랑스러웠다. 늦은 시간까지 그녀는 일하느라 저녁을 먹지 못했고 나는 그녀와 함께 식당에 들어갔다. 나 또한 커피만 홀짝거렸더니 속이 쓰렸다.

차가워진 가을 날씨. 우리는 처음으로 같이 가을을 보내는 중이었다. 길가의 나무들은 점차 울긋불긋 단풍이 물들고 있었다. 그녀는 나의 겨울을 깨게 해 준 사람이자 여름까지 나를 지켜준 사람이었다. 다가올 가을과 겨울은 그녀에게 가장 아름다운 계절이 되게 해주고 싶었다. 아직까지는 여름의 따스함이 많이 남아있었다. 오랜만에 그녀와 외식을 했다. 그녀가 해주던 파스타보다 맛있었지만 네가 해주던 파스타가 더 맛있었다고 말했다. 그렇게 하면 그녀가 다시 한번 섬에 들어올까 싶었을까? 그녀가 먹는 모습에 배가 불렀다. 열심히 일하고 온 그녀의 모습이 그날따라 멋있어 보였다.

그녀와 카페에서 이런저런 얘기를 하다가 문득 진주 구두 이야기를 했다. 그 구두가 내 방에 있을 때 왠지 모르게 행복했다고 근데 신고 나가버리니 어찌나 방이 넓게 느껴지던지 한동안 허했다고 말이다. 그러자 그녀가 다음에 그 구두를 신고 나오겠다고 했다. 나는 그녀에게 더 예쁜 구두를 사 주고 싶었다. 그녀는 곧 생일을 앞두고 있었다. 오랜만에 식어가는 커피 앞에서 도란도란 얘기하는 모습이 좋았다. 여느 평범한 커플의 모습이었다. 과하지 않고 보리차처럼 아주 평범한. 기다릴 땐 그렇게 안 가던 시간이 그녀를 만나고 나선 두 배로 빠르게 가기 시작했다. 시곗바늘이 움직이지 않게 손가락으로 멈출 수 있다면 그러고 싶었다.

가끔 그런 날이 있다. 멀리서 누군가 그 순간을 찍어서 보관해주길 바라는 순간. 속절없이 시간이 흘렀을 때 그때의 추억은 내 머릿속으로 상상할 수밖에 없다. 담고 싶었던 많은 이야기와 모습들을 머리로만 기억하고 추억해야 하는, 매 순간과는 다르게 특별하게 기억하고 싶은 그 순간. 혹시 하늘에서 그 모습을 바라보고 있었을 신은 사진을 찍어놓고 내게 보여줄 수 있을까?

- 무거웠던 가로수 등불

카페의 마감 시간. 우리는 나와야 했다. 그사이 어둑어둑해진 거리는 꽤 쌀쌀했다. 아쉬운 마음에 내 발걸음은 느려졌다.

그러다 그녀의 집 앞에 도착하면 혼자 남게 될 것 같았다. 나는 자연스럽지만 어색하게 발걸음을 의도적으로 늦췄다. 그녀의 집 앞에 도착했다. 가로수 등 아래에 섰다. 가로수 등불이 내 정수리로 떨어지며 내 어깨가 무거워졌다. 그녀도 아쉬운 마음을 느꼈는지 미소를 짓다가 내게 뽀뽀를 했다. 그렇게 서너 번쯤 인사를 하고 무거운 등불에서 벗어났다.

26
보건소가 가장 바쁜 시간

- 섬 바람

섬에도 가을이 찾아왔다. 무덥던 여름이 언제 가나 하는 사이 밤에는 한겨울만큼 차가운 바람이 불어왔다. 추석이 지나고 관광객도 잦아들었고 섬에도 안정기가 찾아왔다. 여름 한때 하루 60명에 육박하던 환자 수도 절반 이상 줄었다. 매주 한 건 이상의 응급환자 후송이 있었지만 어느새 잠잠해지기 시작했다. 조용해진 바닷가를 진료실에서 바라봤다. 여름의 바다보다 더 묵직하고 진해진 느낌이었다. 세찬 파도가 치던 여름에 비해 지금은 파도도 추워서 움직임을 멈춘 듯 보였다.

드넓은 하늘과 바다의 경계는 어느 순간 사라졌다. 가끔 해변가를 걷다 보면 바다와 하늘이 구분되지 않았다. 나는 평소의 바다보다 훨씬 더 넓은 바다를 보고 있었다. 섬 바람은 유난히 차가웠다. 바다를 거쳐 육지로 불어오는 섬 바람은 매서워서 이따금 얼굴에 생채기를 만들었다. 차가운 바다의 증기를 한껏 머금은 섬 바람은 아팠다. 그 때문인지 해변 주위에는 풀이나 꽃이 자라지 않았다.

그러나 답답할 때면 아픈 섬 바람이 그리웠다. 차가운 섬 바람은 기도를 거쳐 양쪽 폐로 들어가 답답했던 내 가슴을 풀어주었다. 차가운 바람에 기도가 자극받아 기침을 하더라도 기침을 하는 것이 좋았다. 진료실에서 받았던 답답함을 기침으로 모두 토해내고 싶었다. 체한 듯 답답한 것들을 모두 토해내면 내 몸속은 섬 바람 속 산소로 가득 찼다.

지금도 가끔 답답할 때면 10월의 차디찬 섬 바람이 그립다. 성능 좋은 산소호흡기나 제습기를 아무리 틀어도 내 근원적인 답답함은 해소되지 않았다. 먼바다를 바라보며 그곳의 물을 한껏 머금은 섬 바람을 들이마실 때만이 비로소 해소되었다. 아마도 내가 다시 섬을 찾아간다면 10월의 노을 그리고 차디찬 섬 바람이 그리워서일 것이다.

- 키조개 4개와 바꾼 생명

　진료실이 고요하다는 건 어쩌면 좋은 일이다. 하지만 진료실이 마냥 고요한 것도 폭풍 전야처럼 사늘하게 느껴졌다. 갑자기 경찰들이 진료실로 들어왔다. 섬사람이 다치거나 응급한 경우에는 경찰이 직접 진료실로 데려오는 경우가 많았다. 그러나 경찰이 먼저 들어온다는 것은 큰 사고가 발생했거나 데려올 수 없다는 것을 의미했다. 경찰에게 자초지종을 들어보니 섬으로 놀러 온 스킨스쿠버 일행 중 한 명이 사망한 것 같았다. 나는 경찰차에 탑승했다.

　진료실에서 그리 멀지 않은 등대에 도착하여 보니 한 사람이 누워있었고 다른 한 사람은 가져온 것으로 추정되는 카약을 뭍에 대고 있었다. 가까이 접근했다. 그리고 보았다. 느껴졌다. 죽었다. 사망자는 50대 중년 남성으로 스킨스쿠버 복장을 한 채 누워 있었다. 굳이 맥을 짚지 않아도 죽은 것이 느껴졌다. 안타까웠다. 나는 사망 상태임을 확인하고 사망선고를 했다. 섬에는 의사가 나 혼자밖에 없어서 사망사고가 생기면 달려가서 확인을 해야 했다. 사망진단서를 쓰기 위해 같이 온 지인에게 상황에 대해 물었다.

두 남성은 키조개를 잡기 위해 섬에 들어온 사람들이었고 카약을 타고 바다로 나가 키조개를 잡고 있었다. 그런데 오랫동안 올라오지 않는 동료가 걱정되어 산소 줄을 당겨보니 죽어 있었다는 것이었다. 그 사람이 어떤 이유로 죽게 된 건지는 경찰이 밝힐 일이고 나는 동료의 말을 듣고 사망자를 검안하여 사망진단서만 쓸 뿐이었다. 그저 그런 사망사고로 여기고 돌아갈 줄 알았다. 그런데 카약 안에 놓여있는 키조개 4개가 보였다. 문득 허무해졌다. 겨우 키조개 4개를 잡기 위해 목숨을 바꾼 것인가. 키조개 4개와 바꿔버린 생명에 가족들은 얼마나 슬퍼할 것인가….

인생무상. 카약 위에 놓인 키조개에 짜증이 났다. 저 사람은 키조개 따위가 자기 목숨을 가져갈 수 있음을 알았을까. 아니면 자연산 키조개를 목숨과 바꾸어도 될 정도로 귀하다고 생각했을까? 진료실로 돌아오는 동안 머릿속이 복잡해졌다. 진료실로 돌아와 복잡한 마음을 다잡고 사망진단서를 쓰기 시작했다.

직접 사인: 익사

선행 사인: 미상

미상未詳. 미상. 미상. 미상. 미상….

아는 것이 없는 익사 사망자 그리고 키조개 4개

나는 여러 가지 미상迷想에 사로잡혀 하루 동안 일손이 잡히지 않았다.

- 독감 접종 기간

독감 예방주사 놓는 기간. 아마도 보건소에서 가장 바쁜 시간일 것이다. 일 년 내내 바닷바람에 노출된 섬사람들은 감기를 달고 산다. 그 덕분인지 독감 예방주사를 놓는다 하면 섬 전체 인구가 출동한다. 하나같이 와서 감기 주사를 놔달라는 노인들. 처음에는 "감기 주사가 아니라 독감 주사기 때문에 감기에는 걸릴 수 있어요."라고 친절하게 설명하다가 나갈 때 이제는 "감기 안 걸릴 거야." 하고 나가는 할머니들을 보며 더 이상 설명하기를 포기했다. 어쩌면 감기 주사라고 맞으러 오게 만드는 게 더 심각한 독감 합병증을 막을 수 있으니 좋을지도 모르겠다.

아침부터 꽉 차기 시작한 진료실은 오후가 돼도 줄어들 기미가 보이지 않았다. 미친 듯이 예진하고 환자들을 넘겨도 들어오는 환자가 더 많았다. 순간적으로 주사만 놓고 있는 간호사들이 부러웠다. 내가 더 잘할 수 있을 것 같았다. 나는 인턴 때도 주사 잘 놓는다고 소문난 인턴이었다. 8시부터 시작된 독감 접종은 4시가 돼서야 끝이 났다. 아나필락시스 등을 이유로 마감 몇 시간 전에는 예방접종을 마쳐야 했다. 점심도 먹지 못하고 전투를 같이한 간호사들과 늦은 점심을 먹으러 나갔다. 사실 간호사들이 있었지만 섬에서 크게 어울리는 일은 없었다. 그러나 같이 힘든 일을 하고 나니 뒤늦은 애틋함이 생겼다.

간호사 3명 중에는 내 또래의 H 선생님도 있었다. 섬으로 부임하고 나서 나눈 대화가 열 마디를 넘지 않을 정도로 이야기할 기회가 없었다. 섬으로 들어와 처음으로 그 선생님의 얼굴을 제대로 보았다. H 선생님은 마음씨가 참 착한 분이었다. H 선생님은 종종 지나다 내가 진료하는 걸 발견하면 밤늦게라도 약을 싸주곤 했다. 고맙다고 말을 하고 싶었는데 할 기회가 없었던 차에 다 같이 밥을 먹게 됐으니 나로선 기회였다.

"선생님 가끔 저 도와주셔서 감사해요."

"네?"

"밤에 혼자 일하고 있으면 종종 도와주셨잖아요."

"아, 네. 쌤 괜찮으세요? 가끔 모습 보면 안 쓰러지시는 게 신기할 정도였어요."

"그러게요. 그래도 S 선생이 들어오고 나선 많이 나아졌지요."

"선생님 힘내세요."

얼굴에서부터 선함이 묻어났던 H 선생님. 고맙고 동료로서 애정이 가는 그런 사람이었다. 배가 고파 비싼 자연산 매운탕을 호로록 내 음식인 양 와구와구 먹었다. 소주도 한잔했다. 그 소주 한 잔으로 힘들었던 하루를 날려버리려고 했다. 서로 힘을 합쳐서 이겨내는 하루하루가 보람되고 뿌듯했다.

좋은 사람과 같이 일한다는 것 자체로 피로를 잊게 해주는 무언가가 있다고 생각한다. 가끔 내가 경험했던 좋았던 에피소드들은 의사로서 다른 동료들의 피로를 잊게 해 줄 수 있는 존재가 되도록 노력하는 데 많은 도움을 주었다. 그것이 결과적으로는 환자들에게 좋은 영향을 미쳐 바람직한 시너지를 내는 것은 분명하기 때문에 여전히 노력하는 이유이기도 하다.

27
섬 보건소에서 일어나는 일들

- 외압

임기제 공무원으로 살면서 가장 스트레스는 결재권자의 지시였다. 공중보건의사는 참 애매한 위치에 있었다. 의료법에도 나와 있듯 의사는 본인의 판단하에 처방한 사실에 스스로 책임을 진다. 결정권 자체가 부여된다는 점에서 결정을 자유롭게 할 순 있으나 그 결정에 책임을 져야 하는 막중한 임무도 생긴다. 그러나 의사가 공무원으로 편입되면 우스꽝스러운 일이 벌어진다.

나는 공중보건의로 편입되었지만 실제 하는 일은 시중 병원에서 하는 일과 다르지 않았다. 병원에 소속된 의사라 하여도 병원 내에서 내 술기나 의학적 판단에 태클을 걸지 못한다. 잘못한 행동에 대해 징계를 받을 뿐이었다. 그러나 나는 보건소에서 일하며 사사건건 하는 일에 외압을 받았다. 보건소 직원들은 의료업무마저 행정적으로 처리할 뿐이어서 내 의학적 판단보다는 그들의 행정적 편리함을 중요시했다.

A라는 약물이 필요한 환자임에도 B를 대신 처방하여 재고를 줄여주면 안 되냐고 한다든지. 고위 공무원이 의사 진단서를 자기 입맛대로 써달라고 청탁을 한다든지. 약물 발주 제약회사로부터 이득을 늘리기 위해 의학적 판단을 강요하여 변경을 바란다는 의견서를 송부해달라든지. 말단으로 의사가 들어가면 이런 일들이 벌어졌다.

결재권자의 지시사항을 따르지 않으면 어떻게 될까? 공중보건의라는 특수한 지위 때문에 그들에게 굴복할 수밖에 없었다. 임기제로 있다가 떠날 사람 입장에선 그들과 싸우느니 현실에 안주하는 게 방법이었다. 그나마 환자에게 피해를 끼치지 않는 선에선 괜찮았다. 하지만 내 의학적 판단을 무시하고 본인이 직접 약물을 지시하는 순간에는 화가 났다. 나는 결재권자의 의사에 반하는 행동을 할 때마다 보복 아닌 보복을 당했다.

나는 예전부터 융통성 없는 사람이란 말을 들었다. 조금이라도 정의에 흐트러지는 행동을 보면 그냥 지나가질 못했다. 그것이 설사 귀찮고 힘들더라도 그렇게 바꾸고 싶었다. 사람들은 왜 굳이 그러냐고 했다. 그러면 내가 할 말은 하나뿐이었다.

'잘못된 것을 바로 고치는 게 잘못된 것인가?'

그 덕분인지 섬 환자들은 나를 좋아했다. 이장이라고 더 좋은 약 받고 독거노인이라고 덜 받는 일은 내가 있는 동안 있을 수 없었다. 돈이 없는 할머니라 하여도 새벽 1시에 아프다고 하면 주사기와 앰플을 들고 눈을 비비며 집까지 왕진을 가던 나였다. 누가 시켜서 한 것도 아니고 그저 내 기준에 따라 한 것이었다.

사람들은 세상만사가 정의롭지 않다고 한다. 모두가 정의로움을 생각하지만 정작 정의로움을 말하면 왕따가 되거나 잘난 척한다고 배척당한다. 그래서 정의로운 생각을 가진 사람이어도 정의로움을 펼칠 수 없다고 한다. 그러나 그것은 핑계일 뿐이다. 나 하나로 세상이 바뀌겠어 하는 마음이 아니라 나 하나로부터 세상이 바뀐다는 마음을 항상 품는다. 세상이 정말 정의롭지 못하다면 결국 내 이상적 생각도 이루어지지 않을 것이기 때문이다. 그러나 내가 이렇게라도 생각하는 이유는 이 사회가 정의롭고 결국은 정의로운 세상이 될 것이라 믿기 때문이다.

- 악성 민원인

짧지만 공무원으로 살면서 공무원들이 가장 두려워하는 것은 민원이었다고 생각한다. 제대로 응대하지 않는 공무원에게 민원을 넣는 것은 당연한 행동이다. 그러나 민원이라는 무기로 비윤리적인 행동을 강요하거나 무례하게 협박하는 것은 갑질이라고 생각한다. 의사인 나보다도 만만해 보이는 간호직 공무원들에게 협박하는 악성 민원인들이 많았다. 하지만 내게도 그러는 사람들이 없진 않았다.

한번은 두통이 심한 환자가 링거를 놔달라며 진료실을 찾아왔다. 보건소의 기준에 따르면 링거는 실혈이 있는 응급환자 또는 교통사고 환자에 한해서만 처방이 가능했다. 또한 링거 자체가 어떠한 통증을 줄여준다는 의학적 기준도 없다. 따라서 나는 진통제를 처방하며 환자를 돌려보냈다. 사실 나는 그전부터 알고 있긴 했다. 이전부터 링거 놔달라는 요구로 진료실을 쑥대밭으로 만들어놓은 전력이 있는 악성 환자였다. 그러나 그렇다고 내가 그 사람의 요구를 들어줄 리 만무했다.

아니나 다를까 내가 아닌 간호사에게 쌍욕을 퍼부으며 진료실 의자를 헤집기 시작하는 그 사람. 겁먹은 간호사들은 문을 닫고 웅크리고 있었다. 겨우 약을 싸서 환자에게 내민 약 봉투. 그러나 그 사람은 스티브 블래스 증후군 강속구 투수로 빙의하여 창밖으로 던져버렸다.

모든 상황을 관망하던 나. 웃으며 그 사람을 내보내기로 했다. 화를 내는 사람은 상대방이 화가 나기를 바라는 사람이기에 내가 화를 내지 않는다면 분을 삭이지 못해 더 힘들 게 뻔했다. 진료실 문을 열고 바깥으로 나가 그 사람이 던진 강속구 약물을 주어 와 그 사람의 글러브 잠바에 집어넣었다. 꼼짝없는 몸 쪽 직구에 스탠딩 삼진. 대개 그런 사람들은 당황하지 않고 다가가면 당황했다. 피지컬 투수인 나 또한 어디서 덩치로 꿀린 적이 없었고 젊은 패기로 살아가던 시절이라 거리낌 없었다. 이전 선생님들에겐 통했을지 몰라도 내겐 어림없었다. 그 사람은 더 이상 할 말이 없었는지 문을 열고 나가자마자 "내가 윗선에 민원 넣고 너네들 다 잘라버릴 거야."라고 말했다. "네 감사합니다."

임기제 공무원의 장점이자 단점. 오히려 나를 잘라준다면 육지로 갈 수 있으니 더 좋았다. 아니나 다를까 다음 날 소장님으로부터 경위서를 제출하라는 통신이 왔다. 이곳에서 고여버린 20년 넘은 간호직 공무원들은 경위서 쓰는 것 자체를 두려워했지만 나는 즐겁게 작성했다. 이후 징계유무는 기억이 나지 않는다. 다만 강경하게 하던 나를 안 좋게 봤던 간호사 선생님들은 결국 나를 좋아하게 되었다. 왜냐하면 그 섬에서 가장 악성 민원인이었던 그 사람이 더 이상 진료실에 찾아오지 않게 되었기 때문이다.

- 응급환자

내가 좋아했던 진료실 앞 석양이 아름다운 해변가는 혼자 사색하기에는 좋았던 곳이지만 헬기가 드나들 땐 다시는 가기 싫었던 아이러니한 곳이었다. J와의 데이트가 예정되었던 크리스

마스이브. 11월과 12월에는 응급환자가 거의 없었다. 당연히 그날도 조용할 거라고 생각했던 그때. 갑자기 휴대폰으로 전화가 왔다.

"선상님 가슴이 너무 아파요."
"빨리 진료실로 오세요."

해경 차에 실려 온 환자는 굉장히 아파 보였다. 숨을 쉬는 것도 힘들어 보이는 환자. 한 번도 쓸 줄 몰랐던 산소통을 환자에게 달고 구급헬기를 준비시켰다. 식은땀을 흘리고 답답해하는 걸 보니 협심증 또는 심근경색이 의심되는 상황이었다. 응급으로 찍은 EKG에선 별 이상이 나오지 않았지만 기계를 신뢰해선 안 되고 의사의 감각이 필요한 시점이었다. 구비하고 있는 약물을 투입하고 헬기가 오기만을 기다리고 있었다. 환자가 연신 내게 욕을 했다. 왜 헬기가 오지 않느냐. 나 죽어도 책임질 거냐?

아픈 사람에겐 뭐 자연스러운 반응이었다. 나는 그렇게 욕을 하는 사람을 보면 안도했다. 헬기에 태워 그 사람을 보내는 순간까지 딱 2시간 내외가 걸렸다. 응급환자 보고서를 작성하고 진료실을 정리하는 사이 내가 타고 나가야 했던 페리가 지나가버렸다.

그날은 다름 아닌 12월 24일. 그녀가 좋아하던 뮤지컬을 예매해둔 날이었다. 그녀와 처음 맞는 크리스마스이브이자 둘만의 첫 서울 여행이기도 했다. 그러나 나는 갈 수 없었다. 응급환자를 보는 사이 내 희망의 배도 떠나버렸기 때문이다. 내 지갑에 꽂혀있는 두 장의 뮤지컬 티켓. 그것은 더 이상 쓸모없는 것이 되어버렸다. 비싼 돈을 주고 예약한 호텔, 그녀와의 데이트 그리고 저녁 식사 모두 수포로 돌아갔다.

환자 개인에게 있어선 나 같은 사람이 있어 다행이었겠지만 의사 본인의 삶을 놓고 보면 가끔 이런 일 때문에 사생활이 타격을 받아 힘들었다. 뭐 그렇다고 원망한 적은 없지만 그러한 시간들을 조금만 비켜 갔으면 하는 바람은 있었다. 그 환자가 떠난 후 공교롭게 섬에는 바람이 많이 불었다. 그즈음 진료실 앞산에는 무수히 많은 갈대들이 펼쳐져 있었다. 답답할 때면 진료실 창문을 열어 갈대가 흔들리는 것을 구경했다. 쏴아 쏴아 흔들릴 때마다 갈대들은 소리를 냈다. 사람도 각각의 목소리가 있는데 하물며 그 많은 갈대들이 똑같은 소리를 낼 리 없었다. 그러나 내 귀에는 하나의 소리처럼 들렸다. 나는 여느 때처럼 창문을 열어 갈대 소리를 들었다. 여느 때 같지 않았던 그 소리. 듣지 않아야 했던 날이었다. 어쩔 수 없이 J를 보지 못하는 상황이 연속될 때마다 나는 미안함이 누적되었다.

그즈음부터 그녀와 나 사이에 조금씩 균열이 생겼던 것 같다. 그녀에게 미안하다는 전화 통화를 마치고 다시 진료실에 멍하게 앉아 갈대를 쳐다보았다. 아름답게 보이던 갈대가 미워지기 시작했다. 소리조차 듣고 싶지 않았다. 나는 그 이후로 진료실의 이중창을 닫고 햇빛이 보이지 않도록 블라인드를 내렸다. 그리고 그 블라인드는 내가 섬을 나갈 때까지 올라가지 않았다.

나는 다시 언제 육지로 나갔을까? 크리스마스가 훨씬 지난 2주 뒤인 새해 첫 주 주말이었다.

28
초보 의사의 변화

- 목사님

일요일 아침. 조용한 섬마을의 정적을 깨는 소리. 그것은 작은 교회의 종소리였다. 종소리를 내는 사람은 그 교회의 하나뿐인 목사님이었다. 목사님은 원래 육지에서 사역을 하던 분이었지만 새로운 사명을 받고 섬으로 들어와 섬사람들에게 봉사하고 계셨다. 같은 봉사를 하고 있지만 억지 봉사를 하는 나로선 그분을 볼 때마다 부끄러워졌다.

가끔 목사님이 진료실에 온 적이 있었다. 그분은 목회가 없는 날에도 정갈하게 옷을 입고 다니셨다. 짧게 깎은 수염과 빗질로 수수하게 멋을 낸 목사님은 진료실을 들어오실 때마다 매번 같은 표정이었다. 미소를 띤 얼굴. 아픈 사람의 모습이라곤 상상도 할 수 없는 밝은 얼굴. 공손하게 내게 선생님이라는 호칭을 붙이며 존댓말로 본인의 아픈 곳을 얘기했던 목사님. 목사님이 떠나시고 나면 항상 간호사와 나 사이에서 목사님의 칭찬 릴레이가 이어졌다.

예수님을 본 적도 없고 예수에 대해 잘 알지도 못하지만 예수를 대신하여 이 땅에 누군가가 보내져 예수의 역할을 하게 했다면 꼭 그분일 것 같았다. 그분이 다니시는 곳곳마다 그분의 인성에 대한 칭찬이 자자했고 농번기나 어번기에는 자기 일도 아니면서 직접 나서서 돕는 모습에 섬사람들 모두가 좋아했다.

새벽부터 종을 울리며 예배당에서 기도를 드리는 모습을 보곤 했다. 교회에서 가장 가까운 곳은 진료실이었다. 그럼에도 내게 교회를 와라 예배를 드려라 단 한 번도 말씀하신 적이 없었다. 묵묵히 혼자 무릎 꿇고 기도하는 모습을 볼 때 기독교인은 아니지만 가슴이 먹먹해지는 무언가가 있었다. 양적인 성장. 십일조. 육지 기독교인의 신앙 척도가 되는 그런 것이 그분에게는 의미가 없었다. 본인의 삶도 얼마 남지 않은 상황에서 예수가 이 땅에 온다면 어떻게 살았을지를 직접 보여주고 있는 것 같았다.

내 2층 관사의 창문을 열면 딱 교회의 하나뿐인 창문이 보였고 그 창문이 열려 있을 때는 목사님의 모습도 볼 수 있었다. 누가 보지도 않을 텐데 볼 때마다 혼자서 깊게 기도하는 모습은 분명 내 가슴에도 울림을 주었다. 사실 섬으로 부임하고 섬에서 봉사하는 것에 대해 부당하다 생각하고 한때는 도망가고 싶었던 적도 있었다. 그러나 같은 봉사를 하지만 웃으며 주위 사람들에게 선을 전파하는 목사님의 모습에서 점차 많은 뉘우침을 얻었다.

어느 날이었다. 목사님은 내가 섬을 나가기 며칠 전 갑작스럽게 쓰러지셨다. 아마도 섬에서 받은 출동 중에 가장 충격이었다. 응급처치를 하고 들것에 겨우 옮겨 몸을 누인 목사님은 본인도 모르게 눈물을 흘리셨다. 아프셔서 난 눈물이었을까 아니면 다하지 못한 목표에 대한 아쉬움이었을까? 나도 모르게 해경정 안으로 탑승하여 40분 동안 육지로 나갔다. 이기적이게도 그사이에 여쭤보고 싶은 것이 너무나 많았다.

'목사님이 제게 오신 이유가 무엇일까요?'

'목사님은 왜 항상 행복하셨나요.'

'목사님은 왜 일요일 새벽마다 보지도 않는 교회 안에서 열심히 기도하셨나요?'

'왜 섬사람들을 억지로 전도하지 않으셨지요?'

그러나 목사님은 대답할 기력 아니 의식이 없었다고 표현하는 게 맞았던 것 같다. 의식이 없는 목사님을 살리려 부단히 노력했다. 가지고 있는 약물을 쓰고 CPR(심폐소생술)을 반복했다. 그사이 차디찬 바다를 뚫고 도착했지만 목사님의 인자한 웃음을 다시 볼 수 없었다. 그날은 내가 섬에서 처음 눈물이 난 날이었고 공교롭게 목사님의 마지막 눈물의 순간이기도 했다.

나는 마지막 목사님의 눈물을 기억한다. 내 멋대로 해석한 목사님의 마지막 눈물은 예수가 이 땅에 와서 백성들을 어여삐 여기던 예수 마음의 결정체였다고 생각한다.

- 화상 입은 아기

오후 8시쯤 2세 아기가 할머니의 등에 업혀 들어왔다. 뒤로는 한쪽 다리를 절룩이는 할아버지와 7세쯤 돼 보이는 아이가 따라오고 있었다. 아기는 2세임에도 제대로 걷지 못했고 겉보기에도 또래에 비해 발육이 떨어져 보였다.

할머니가 아기를 목욕시키는 사이 갑자기 뜨거운 물이 나와 전신에 화상을 입은 것이었다. 아기는 팔다리와 얼굴에 하얀 수포가 광범위하게 올라와 있었고 통증이 심한지 내내 울고 있었다.

해경정을 요청하고 기다리는 사이 할머니와 이야기를 나눴다. 같이 온 7세 아이는 본인의 첫째 손자인데 두 아이는 이복 형제이며 두 엄마 모두 도망갔다고 했다. 2세 아기는 집에 혼자 방치돼 죽어 가는 걸 발견하고 섬으로 데리고 왔으며, 한쪽 다리가 불편한 할아버지는 몇십 년 전 발병한 뇌경색으로 스스로는 아무것도 할 수 없는 상황이었다.

이야기를 듣는 내내 가슴이 먹먹해졌다. 버거워 보이는 그녀의 삶이 그녀의 눈물에서 느껴졌다. 본인은 죽어야지라고 말하면서도 가엾은 아이들이 굶어 죽을까 봐 매일을 버틴다고 말하는 할머니였다.

도착한 해경정은 할머니와 아기만 데려가겠다고 했다. 나는 그럴 수 없다고 말했다. 예전의 나라면 별 신경 쓰지도 않았을 남의 인생이었다. 자초지종을 설명하고 부탁했다. 필요하다면 의사인 내가 동행하겠다고 했다. 다행히 해경에서는 그들 모두 육지까지 실어다 주기로 했다. 아파서 울던 아기는 할머니 품에 안겨 자고 있었고 7세 아이는 어딘가 떠난다며 즐겁게 여기저기 뛰어다니고 있었다. 그 모든 걸 주변인으로 구경할 수밖에 없는 내가 미안했다.

잠시 인계를 하는 사이 할머니는 선착장 매점에서 포카리스웨트를 사 와서 내밀었다.

"내가 해줄 수 있는 마지막 선물이에요 선생님. 이 불쌍한 것들 도와주셔서 감사합니다."

나는 아무 말도 하지 못하고 그 자리에서 얼었고, 할머니 가족은 해경과 어두운 바다 속으로 사라졌다. 시끄러웠던 아이의 목소리가 사라지자 섬은 고요해졌고 어둑한 선착장엔 빛바랜 할로겐 등 불빛만이 떨어졌다. 무거운 불빛이 내 머리로도 쏟아졌다. 멍해졌다. 원래라면 절대 걷지 않았을 그 먼 거리를 추적추적 걸으며 관사로 돌아왔다.

- 마음가짐의 변화

매 순간 보람만을 가지고 일할 순 없었다. 어린 나이에 가끔은 짜증과 분노가 일 때도 있었다. 헬기를 요청하고 기다리는 동안 환자의 상태는 더 나빠지는데 아무것도 할 수 없을 때 회피하고 싶은 생각도 들었다. 하지만, 나는 섬에 하나뿐인 의사였다. 목사님의 마지막을 마주하고 다시 섬으로 돌아오고 나서 내겐 많은 변화가 생겼다.

다른 어떤 것들보다 환자를 살리는 것만 생각하기로 했다. 내가 가지고 있는 지식을 모두 동원하여 가진 병원 장비로 그 사람들 살려야겠다는 신념을 항상 지키려 노력했다. 나중에 책임 소재가 어떻든 나는 최선을 다하기만 하면 되는 것이다. 사회가 정의롭다면 내 대처도 무조건 정당한 대우를 받을 것이며 불이익을 받지 않을 것이라 생각했다.

　밤이면 뜨지 않던 닥터헬기. 밤에도 응급환자는 생긴다. 실혈이 심해 후송되지 않으면 안 되는 환자들을 어렵게 소방헬기를 통해 보낸 적이 있었다. 밤이고 새벽이고 위험한 하늘을 뚫고 날아와 몰아치는 섬 바람 속에서 아슬아슬하게 인계점에 내려앉는 헬기로부터 한 사람이 내린다. 나와 같은 하얀 가운을 입고 멀리서 뛰어오는 의사 선생님이었다. 그들에게 환자를 인계하는 인계점에선 많은 생각이 들었다. 사회 의료 시스템에서 밤낮 가리지 않고 환자를 위해 노력하는 많은 의료진이 있으며 그런 사명감은 비단 나 혼자만 신성하게 하는 것은 아니었다. 나보다 20년은 더 의사로서 일했을 선배 의사를 보면서 어린 내가 이런 마음을 갖는 것은 당연하다고 생각했다. 환자 한 명이 구조되어 치료 받게 되는데 섬에 있는 의사 하나가 얼마나 큰 역할을 하는지 깨닫는 순간이었다.

4장

섬을 떠나면서

29
답답한 것에서의 탈출

- 그녀와 걷는 눈길

섬에 들어온 지 9개월. 밖으로 나갈 날도 3달밖에 남지 않았
다. 어느덧 섬 생활에 익숙해져 섬사람이 다 되었다. 끊겨버린
배 덕분에 나는 무려 한 달 만에 육지를 나갔다. 그녀를 바람맞
힌 지 꼬박 2주 만의 일이었다. 나도 어쩔 수 없는 상황이 반복
되면서 사과 방식에도 둔감해졌다. 따지고 보면 응급환자가 생
긴 것도 배가 뜨지 않은 것도 내 잘못은 아니었다. 그러나 내가
사과함으로써 그녀가 마음을 풀 수 있는 명분이 생기는 것이었
다. 그녀를 여전히 사랑하고 있었지만 반복되는 비자발적인 상

황들에 대한 무조건적인 사과에 점차 싫증이 나고 있었다. 그녀
역시 둔감해져 가는 내 모습에 조금은 실망을 느낀 터 그날따라
서운한 티가 더 느껴졌다.

"오빠! 정말 오랜만에 봤는데 반갑지 않은가 봐?"
"그럴 리가 있겠어. 너 보고 싶어서 순천까지 왔잖아."
"…"

사실 남녀 사이의 대화에선 이성보다 감성의 대답이 더 먹힐
때가 많다. 그것을 알고 있음에도 일말의 자존심이었을까 아니
면 섬 생활에 지친 심신 때문이었을까 이성적인 대답을 택하고
말았다. 오랜만의 데이트는 처음부터 급속도로 냉각되어 밥을
먹으면서도 따뜻해질 줄을 몰랐다. 다만 서로가 이 차가움이 다
시 따뜻해지는 것엔 암묵적으로 동의하고 있었다. 좀처럼 누군
가 냉전을 악화시키려 하지 않았기 때문이다. 가만 생각해보니
그날 먹은 음식도 그녀가 좋아하는 음식은 아니었던 것 같다.
연애 초기 시절 항상 그녀가 좋아하는 것이 좋다며 그것을 먹고
그녀를 볼 때마다 웃음을 띠곤 하던 나였다. 소름 돋게도 내가
의식하지 않는 사이 조금씩 변화가 있었다.

그녀를 처음 보던 순간은 눈이 소복이 쌓인 2월 겨울이었다. 우리는 행복한 봄 여름 가을을 지나 처음으로 두 번째 겨울을 맞고 있었다. 같은 겨울의 눈길을 걸었지만 그날은 뭔가 달라져 있었다. 그녀의 구두 소리 사이로 들리는 눈 뽀득거리는 소리가 그날은 씩씩 내게 분노를 내놓고 있는 것 같았다. 나는 그 악마의 속삭임에 속아 그녀의 구두 소리가 매우 기분 좋지 않게 들렸다. 그러나 그녀는 1년 전과 같이 걷고 있을 뿐이었다.

그녀의 집 앞에 도착했다. 그녀의 구두를 보니 걷다 묻은 눈 얼음 알갱이가 많이 묻어 있었다. 분명 그것들이 그녀의 발을 시리게 했을 테지만 마음의 시림이 더했을까? 전혀 차가움을 느끼지 못하는 것 같았다. 나는 그 알갱이들을 떼어내고 손으로 그녀의 발등을 지그시 10초 동안 눌러주었다. 그녀의 한기가 내 손으로 전해졌고 비로소 그녀의 시린 마음이 느껴졌다.

미안했다. 안아주고 싶었다. 보고 싶었다고 얘기하고 싶었다. 그러나 착한 그녀는 내게 투정 부려 미안하다고 사과했다. 서늘했던 우리 사이가 비로소 따뜻해지기 시작했다. 고마웠다. 그녀를 시리게 한 거 같아 미안했다. 아무 말 없이 그녀를 꼬옥 안아주었다. 그녀의 미소. 그것은 내가 가장 보고 싶은 것이었다.

그러나 임시적으로 매운 균열은 겉보기엔 괜찮아 보였지만 지반이 약해 아래층부터 무너져 내리고 있었다. 균열은 내가 계속해서 육지를 나갈 수 없는 상황에서 악화되었다. 얼굴을 보고 이야기하면 곧 사라질 오해도 그러지 못하니 완벽히 해소되지 못했다.

사랑은 물리적 제약을 뛰어넘을 수 있다고 했다. 그러나 넘을 수 있다는 건 넘지 못하는 사람이 더 많다는 걸 의미했다. 그냥 그렇게 두면 넘지 못하는 것이었다. 행복할 줄만 알았던 그녀와의 관계가 서서히 꼬여가고 있었다.

- 기침

답답함이 내 가슴을 엄습해오면 진료실의 창문을 열었다. 더운 여름날 에어컨을 켠 듯 창문으로 파도 바람이 들어왔다. 점점 창문을 여는 순간이 많아졌다, 마치 습관이 된 것처럼. 여전히 한기가 가득한 2월 말. 습관적으로 창문을 여는 나를 간호사는 좋아하지 않았다. 간호사의 눈치가 보일 때는 얇은 하얀 가운만 입은 채로 진료실을 뛰쳐나가 조용히 이어폰을 꽂았다. 이

어폰에서 들려오는 조용한 팝송 사이로 파도 소리가 겹쳤다. 이 것은 굉장히 이질적일 것 같지만 그렇지 않았다.

차가운 파도 바람은 파도와는 엇박자로 몰려와서 차가움을 주었다. 파도를 바라보니 하얗게 부서지는 파도의 끝이 굉장히 시원해 보였다. 부서진 파도는 모래 속으로 흡수되어 바다로 돌 아가 다음 차례의 파도가 되기를 기다린다. 무수히 밀려오는 파 도들의 나이는 제각각 다르다. 몇십 번 부서진 파도 사이에 새 로 생긴 파도가 성난 모습을 뽐내기도 한다. 하지만 그마저도 박자를 맞추지 못하면 큰 파도를 만들 수 없다.

연속되는 파도는 제각각이었지만 내 귀에는 규칙적으로 들 렸다. 그녀와의 고민이 가슴속에서 계속 밀려오듯 그 파도는 계 속 같은 소리를 냈다. 숨을 크게 마시고 세기관지 끝까지 차가 운 공기를 불어넣었다. 차가운 공기에 놀란 기관지 근육은 수축 했다. 다시 한번 차가운 바람을 불어넣으려는데 들어가는 통로 가 좁아져 있었다. 호기로 내뱉어야 할 나의 답답한 공기는 뱉 어지지 못했다. 숨이 답답해졌다. 기침 반사를 한다. 콜록 콜록 콜~~~~록.

그제야 가슴이 시원해진다. 나는 그런 인위적인 기침을 하기 위해 겨울 해변가를 찾았다. 창문으로 불어오는 찬바람으로 뱉어낼 수 없는 답답함이었다. 그러나 나는 아무것도 할 수 없는 섬 의사였다. 나도 어찌할 수 없는 균열이었다.

2월 말. 아이러니하게도 그녀를 처음 봤던 시기였다. 그토록 따뜻할 수 없었던 2월 말이었는데 이토록 다를 수가 있을까.

- 힐링 타임

갈등을 그때마다 임시로 봉합하고 살이 붙은 것처럼 행동했다. 나는 나대로 섬에서 24시간 꼬박 일을 반복하고 집중하다 보니 그녀에게 이전만큼 신경 쓰지 못했다.

남자가 감성적이기보다 이성적이게 되는 순간은 굉장히 위험하다. 사랑한다는 말 한마디가 모든 걸 해결해줄 수도 있다. 그러기를 거부했던 순간이 어쩌면 그녀로부터 멀어지는 순간이었을지도 모르겠다. 어쩔 수 없는 여러 갈등들이 즉각적으로 해결되지 못했고 결국 나는 전화로 말하고 말았다.

"우리 관계에 대해서 다시 생각해보자."

- 탈출

섬 공중보건의사는 1년간 근무할 경우 육지로 옮길 수 있다. 그것만 바라보고 아예 섬으로 들어오는 경우도 있지만 대개는 꾸역꾸역 버틴 의사들에게 주어지는 보상 같은 것이었다. 4월의 근무지 이동 전에 먼저 시도를 결정해야 했다. 섬 공중보건의사 수는 대략 100여 명 정도 됐는데 그중 80%는 경기도를 10%는 충청도를 지망했다. 경기도는 공중보건의사에게 가장 인기가 좋았다.

나도 어느 곳으로 가야 할지 고민이 많았지만 그녀와 지내기로 한 이상 그녀와 가까운 전라남도에 남는 것으로 마음을 굳힌 지는 오래였다. 내 고향과도 멀지 않은 순천에서 남은 공중보건의 생활을 해도 좋을 것 같았다. 서울과 가까운 경기도를 모두가 선호하지만 나는 별 흥미가 없었다. 시도를 선택하는 날 나는 당연하게도 전라남도에 남기를 선택했다.

'전라남도'

그 순간 내 가슴 안으로 무거운 바위 하나가 떨어졌다. 버거
웠고 아팠다. 그 순간을 벗어나고 싶었다. 무거운 바위에서 벗
어나려 발버둥을 치다 전라남도라고 적은 종이가 찢어졌다. 그
리고 나는 아무런 생각도 없이 다시 적었다.

'경기도'

나는 아무런 이유도 없이 한 번도 가보지 않았던 그곳을 써
냈다. 모두가 바라고 희망하는 경기도를 하릴없이 선택해버린
듯 그녀와 가장 먼 곳으로 가려고 선택이라도 해버린 것처럼….

30
줄타래를 놓고 섬을 떠납니다

- 줄타래

나는 충동적으로 써내버린 경기도에 덜컥 합격해버렸다. 주위 많은 사람들은 경기도로 가는 것을 축하해주었다. 경기도. 그곳에는 아는 사람이 한 명도 없다. 내 가족도 내 친구도 그리고 그녀도. 경기도로 발령되었다는 소식을 들었을 때는 마치 혼자 무인도에 떨어진 느낌이었다. 분명 나는 섬에 있는데도 말이다.

종이에 썼다 지워버린 전라남도의 흔적. 그 흔적은 오랫동안 내 머릿속에 남아있었다. 그녀와 만난 이후로 전라남도 이외의

곳으론 갈 생각도 하지 않았지만 11개월간의 생각이 단 5분 만에 바뀌었다. 그리고 나는 결정되었다. 저 멀리 경기도로 가게 되었다. 충동적인 결정의 후폭풍은 상당했다. 아직도 나는 왜 그때 경기도를 선택했는지 알지 못한다. 그저 그녀로부터 멀어지고 싶었는지 아니면 대다수가 가는 곳을 따라간 것인지. 나는 그즈음부터 습관 아닌 습관이 생겼다. 옷의 실밥이 튀어나오거나 줄이 엉키면 그때그때 풀어야 하는 강박관념이 생겼다. 그렇게 하지 않으면 옷의 실밥이 터져 나와 풀려버리거나 더 엉켜버릴 것 같은 파국적인 망상이 떠올랐다.

그녀와 나는 지난 1년간 양쪽에서 줄을 잡고 있었다. 그 줄은 거리만큼이나 길어서 부는 바람이나 파도에 이래저래 손상받곤 했다. 잠깐 늘어진 줄의 찰나에 한번 엉키더니 이내 풀리길 반복했다. 처음엔 엉킬까 두려웠지만 여러 번 엉키다 보니 별스럽지 않게 느껴졌다. 그렇게 엉키기 시작한 줄의 매듭들은 촉매가 되어 더 큰 타래를 만들기 시작했다. 그때마다 풀어야 했던 매듭이 더 큰 타래를 만들자 서로 당기기에도 버거운 지경에 이르렀다. 분명 우리는 서로의 힘이 바로 전달되는 가볍고 탱탱한 줄을 잡고 있었는데 어느 순간 바다 한가운데 떨어진 큰 타래를 서로의 힘도 느끼지 못한 채 각자 당기고 있었다.

어느 순간인가 그 무거운 타래를 혼자 끌고 있는 느낌이 들었다. 혼자서 타래의 매듭을 풀려고 노력했다. 혼자 타래를 풀고 있는 모습에 허무함이 몰려왔다. 나는 더 이상 타래의 노예가 되고 싶지 않았다. 편해지고 싶었다. 뭉친 타래를 풀기보다 나 쪽의 줄을 끊어버리면 편할 것 같았다. 그리고 난 끊었다. 나는 더 이상 타래의 노예가 아니었다.

- 줄타래의 반대편

갑자기 풀려버린 줄타래. 타래는 더 이상 둘 간의 것이 아니었다. 그 남자는 먼저 줄을 끊었다. 온전히 그 타래의 짐은 나만 갖게 되었다. 그 사람은 이렇게 하면 모든 짐이 사라질 것이라 생각한 것 같다. 갑자기 끊어진 줄을 어디서부터 찾아서 올려야 할지 나는 몰랐다. 미세하게나마 느꼈던 상대편 줄의 힘을 어디서도 느낄 수 없었다. 나 혼자 당겨봤자 소용이 없었다. 욕이라도 상대의 반응이 돌아올 때는 행복했다. 내 큰 잘못을 그래도 용서해줄 줄 알았다.

그러나 더 이상 미동조차 없는 줄타래 앞에서 나는 하염없이 버려진 반대쪽 줄의 끝을 찾고 있었다. 그가 먼저 먼발치서 매듭을 풀고 있을 때 같이 풀지 않았음을 후회했다. 그 남자가 던져버린 줄을 뒤늦게 찾는 내 모습이 처량했다.

아직도 그 남자를 사랑하고 있는데 이 세상에 하나뿐인 그 사람이 사라진다 생각하니 하늘이 무너지는 것 같았다. 그가 경기도를 선택했다고 한다. 그와 여러 갈등들이 있었지만 어느 때처럼 풀릴 거라고 자신했던 것이 실수였다. 그 남자가 섬으로 들어간다고 할 때부터 조금 걱정이긴 했지만 그냥 잘될 거라고 생각했다. 그가 날씨가 나빠져 나오지 못하는 상황이 많아지자 나는 많이 불안해졌던 것 같다. 내가 조금 더 참았다면 괜찮았을까?

그가 경기도로 떠나기 전 내 얼굴을 보고 얘기하고 싶다고 했다. 우리는 많은 이야기를 하지 않았다. 그를 마지막으로 본건 경기도로 떠나기 전이었다. 이별에 대해 생각하지 않았던 것은 아니었지만 그 순간이 슬펐다. 그 역시 나를 보자 복잡한 감정이 들었던 것 같다. 그의 눈물을 본 건 참 오랜만이었다.

공허해진 마음은 너무나도 아팠다. 그 앞에서 항상 밝고 싶었던 내 표정도 더 이상 조절되지 않았다. 나는 폐인처럼 나가던 병원을 추적추적 나갔고 주위에선 무슨 일 있냐며 위로해주었다. 그렇게 몇 주간 나는 폐인처럼 지냈고 거울을 바라보았다. 그곳에는 훌쩍 늙어버린 사람이 보였다. 움직이는 대로 움직이는 걸 보니 내 모습이 분명했다. 나는 그렇게 울고 잠들기를 반복하며 시간을 보냈다.

- 이별

섬에서 근무하면서 알게 된 환자들과의 이별. 같이 근무했던 S와의 이별. 간호사와 이별. 1년간 동고동락하며 환자들을 돌봤던 그들과의 헤어짐은 생각보다 아쉬웠다. 특히 S 선생과의 이별은 더 아쉬웠다. 그 선생님이 있어 섬 생활을 잘 버틸 수 있었고 마음이 잘 맞았기에 환자들을 보는 데에도 시너지 효과가 났다. 그는 의사이지만 유연한 사고를 하는 사람이었다. 사람 관계를 잘하던 그 선생은 분명 지금도 좋은 의사로 살고 있을 것 같다.

진료실의 듀오 간호사 선생님. 내가 가끔 과하게 대응할 때면 초인적인 공무원력(?)을 발휘한 덕분에 큰 문제없이 나갔다. 가끔 해 주시던 삼계탕과 매운탕은 맛있었다.

내가 가장 좋아하던 환자분이 있었다. 그분은 종종 맛있는 음식을 만드시고 초대해서 잔치를 여셨다. 육지로 떠나보낸 아들딸이 그리워서 그렇게 생각했는지는 모르지만 섬에 와서 힘들게 사는 총각에겐 더할 나위 없는 시간이었다. 그리고 그분은 내가 그녀와 몇 주간 지낼 당시 음식이 없을 때에도 맛있는 음식을 주셨다. 내가 섬을 떠나기 하루 전. 할머니 집에 델몬트 주스 박스를 들고 찾아갔다. 당연히 할머니가 계실 거라 생각했는데 계시지 않았다. 생각해보니 그맘때는 어번기였다. 바지락으로 하루에 20만 원은 거뜬히 번다던 할머니였다. 10분 정도를 서성이며 기다렸다. 이곳을 떠나면 더 이상 할머니를 보지 못할 것 같았다. 물론 나도 이 섬에 다시 오고 싶지는 않았다. 30분이 지나도 오시지 않았다. 나는 자연스럽게 할머니 집으로 들어가 종이에 글을 남기기 시작했다.

"할머니, 보건소 의사 ㅇㅇㅇ입니다. 그동안 좋게 봐주셔서 감사했습니다. 저는 내일부로 이 섬을 떠납니다. 얼굴 뵙고 가고 싶었는데 이렇게 나가게 됐습니다. 섭섭하시겠지만 곧 뵐 수 있기 바랍니다. 건강하세요."

보고 오지 못한 할머니의 모습이 한 며칠간 아른거렸다. 그래
도 내 섬 생활을 많이 도와주신 분이었고 그리고 돌아가신 외할
머니의 모습과 닮아있는 것 같아 더 잘해드리고 싶었다. 그렇게
나는 섬에서 작별인사를 고하고 섬에서의 마지막 밤을 보냈다.

- 마지막 순간

내 싼타페 안에는 섬에서 생활하느라 쌓여버린 가재 도구들
로 꽉 찼다. 이렇게 묵직한 싼타페를 몰아본 적이 없었다. 모든
가재 도구를 업어준 차가 고마웠다. 아침에 나를 향해 인사하는
선생님들에게 90도로 작별인사를 했다. 그리고 간호사와 물리
치료 선생님과 같이 사진을 찍었다. 농담으로 60세가 되기 전
에 이 섬엔 오지 않을 거라고 말했더니 그때면 우리는 천국에
있을 거라며 천국에서 보자고 말씀하셨다. 평소와는 달랐던 대
화들이 오고 가고 나는 차에 올랐다.

내가 처음 배를 타고 이 섬으로 들어왔던 날이 기억났다. 모

든 것이 깜깜하고 답답하던 시절. 그러나 지금은 누구보다도 이 섬에 대해 잘 알고 잘 생활할 수 있었다. 정말 싫었던 바다였는데 바닷길을 거슬러 올라가는 동안 그 바다를 더 볼 수 있었으면 했다. 속이 후련할 것 같았던 이별의 순간에 아쉬움이 찾아와 가로막았다.

평소처럼 티켓을 구입하고 차를 실었다. 그리고 탔다. 더 이상 이 섬에 들어올 일은 없을 것이었다. 후련함, 아쉬움, 슬픔, 즐거움, 복잡한 마음을 한가득 안고 배에 탑승했다. 그날은 왠지 모르게 내 차도 내 몸뚱이도 무겁게 느껴졌다.

섬에 있으면서 유일한 의사라는 자부심으로 일했다. 죽음과 사투를 벌이는 환자들의 골든아워를 확보하기 위해 내가 알고 있는 의학지식으로 최대한 시간을 벌어보려 노력했다. 새벽에 아파서 문을 두드리는 할머니 할아버지들의 마음을 위로하며 하찮은 기침약마저 웃는 얼굴로 처방해주었다. 나를 힘들게 하던 이장님의 텃세도 그 또한 섬의 재미라고 생각하며 즐겼다. 생의 마지막으로 마주하는 유일한 사람이 나였던 몇몇 환자들. 그들의 마지막 기억 속엔 내가 가장 고마운 사람이자 친절했던 의사로 기억되길 바랐다.

목사님. 내게 많은 가르침을 주었던 분이었다. 그분과 마지막을 함께했던 나. 마지막까지도 웃는 얼굴로 가시던 그분의 모습에서 예수의 모습을 봤던 것 같다. 교회에 한번 나가지 않았던 내가 후회스러웠다.

가족이 전혀 없는 치매환자. 매일같이 진료실에 치매 진단서를 가져와 횡설수설하던 할아버지. 언제 빨았는지 모를 옷과 진동하는 찌린내. 그 할아버지의 생활이 걱정되어 몰래 찾아가 살펴보기도 했던 며칠. 그래도 나는 인간적인 의사로서 살려고 노력 아니 그냥 하고 싶은 대로 하고 싶었던 의사였다. 그때를 추억해보면 그때는 더 순수하게 살고 싶었던 의사였다. 초심으로 돌아가고 싶을 때 섬에서의 생활을 추억하곤 한다.

- 자부심

내가 섬에 가지 않았더라면 하는 상상을 해 본 적이 있다. 그랬다면 그녀와 결혼할 수 있었을까? 지금 생각해 봐도 그녀는 정말 좋은 사람이었다. 써내려 오는 글들을 통해서 다시 한번 그녀에 대해 추억해보았다. 그녀는 내 머릿속에 정말 좋았던 사람. 정말 사랑했던 사람으로 기억되고 있다. 추억하는 동안 즐거운 내적 경험을 하게 해 준 그녀가 고마웠다. 그녀는 추억 속에서도 여전히 나를 생각해주고 있는 것 같다.

그러나 나는 섬에서의 의사 생활이 지금까지 의사 생활에 많은 도움을 주었다고 생각한다. 갖추어진 도시 병원이 아닌 야전병원 같은 그곳에서 내 의학적 지식만을 무기로 싸웠던 시간들. 그때는 고난이었지만 지나고 나니 피와 살이 되는 것들이었다.

젊은 청년이 1년간 섬에서 살 수 있었던 것도 좀처럼 해 보지 못할 경험이었다. 봄, 여름, 가을, 겨울 아름다운 섬 그리고 바다를 보며 자연에 취해 사는 삶은 지금 생각해도 행복한 순간이었다. 무엇보다 섬의 유일한 의사로서 환자들을 치료하고 그들에게 버팀목이 되어준다는 자부심이 가장 컸다. 아직도 의사 생활을 하면서 지키는 게 있다면 그것은 환자를 가엾게 여기는 마음이다. 그 마음이 무너져 나쁜 의사가 되려고 할 때면 섬 생활을 생각한다.

앞으로도 나는 그럴 것이다.